EN TOUTES
LETTRES

D1350701

FRANÇOISE REY
REMO FORLANI

EN TOUTES
LETTRES

PRESSES POCKET

Avant-propos

Voici deux ans, nous discutions Régine Deforges et moi de l'invention en littérature. Était-il concevable que deux écrivains puissent vivre une passion amoureuse épistolaire sans jamais se connaître ?

L'idée l'amusa. Elle précisa toutefois que cela lui semblait difficile tant la passion a besoin de se nourrir de réalités.

Je rétorquai que l'imaginaire de l'écrivain, enrichi de ses expériences, devait lui permettre de vivre une passion « irréelle ».

Je passai les semaines qui suivirent à réfléchir à des personnalités d'auteurs qui accepteraient de jouer le jeu, mais qui, de surcroît, seraient très différents, tant dans leur caractère que dans leur écriture.

Le choix se porta, après plusieurs semaines, sur Françoise Rey et Remo Forlani.
La première pour le trouble ressenti à la lecture de *La Femme de papier* : j'avais aimé ce livre d'émotion où la violence du désir le dispute à la fougue de la langue.

Le second m'intéressait car j'aime en Forlani ce côté bourru-cœur d'or, l'univers de ses romans tendres, fins et gouailleurs.

Je parvins donc à convaincre chacun d'eux de tenter ce pari. Je les vis séparément afin de leur distribuer leur sujet : un homme et une femme se rencontrent et vivent une histoire d'amour. Je précisai à chacun que je serais leur unique interlocuteur, leur messager.

Je recevrais les lettres à mon domicile pour préserver le secret et, après les avoir photocopiées, les adresserais à leur destinataire.

La correspondance dura ainsi plus d'une année au cours de laquelle il se produisit une chose étonnante. Je n'aimais plus ce pari, il me plaçait dans la pire des positions : celle du voyeur. J'étais l'organisateur et le témoin d'une joute amoureuse dont je ne maîtrisais plus les conséquences. Le trouble grandit lorsque les mots ne furent plus l'écho du jeu littéraire souhaité, mais un assaut où chacun provoquait l'autre avec son style, ses fantasmes, sa passion.

Vint le temps où chaque auteur voulut connaître l'identité de son interlocuteur. Il fallut résister à la tentation de tout dire, de faire cesser le jeu.

Puis vint le moment fatal de la rupture, de la dernière lettre. Il y eut d'abord la joie d'en avoir terminé et ensuite le vide, l'absence des lettres et, surtout, l'instant où je dus révéler la vérité.

Je garderai pour moi les réactions de chacun tant, à des degrés divers, elles attestèrent que l'on ne joue pas avec la passion et encore moins avec celle des autres.

La correspondance que nous livrons ici au lecteur, plus que le reflet d'un jeu littéraire et du talent de ses auteurs, est un livre d'émotion, de violence, mais aussi de tendresse, d'amour où chacun, usant de ses armes, a tenté de vivre avec l'autre sa plus étonnante passion.

Franck Spengler

Un mardi

Il est très exactement 6 heures du matin.

Et me voilà dans une cuisine — dans l'agréable cuisine d'un « domicile conjugal », le mien — avec déjà deux tasses de thé bues et trois cigarettes blondes fumées, me voilà en train d'écrire une lettre que je ne suis pas sûr de poster.

Une lettre à une femme dont je ne sais que le peu d'elle qui est écrit au dos de son dernier roman (acheté il y a trois jours et lu d'un trait) et aussi qu'elle s'abreuve volontiers de champagne orange.

Au fait, combien en avez-vous bu, l'autre soir, chez ce plouc d'éditeur ? Et d'où viennent ces chaussures de pute qui juraient si fort avec votre immonde chandail beigeasse de Duras frileuse ? D'accord : ce n'est pas en attaquant aussi hargneusement que j'ai la moindre chance de...

De quoi ?

Je vais vous dire, belle dame. Tout. Je vais tout vous dire. Ce qui m'est arrivé vendredi dans ce cocktail merdique est si insensé que je ne peux que prendre tous les risques. À commencer par celui du ridicule.

10

Alors voilà... Entraîné par mon épouse dans cette cérémonie (fatalement dérisoire) de remise de prix littéraire, je n'ai qu'un désir : me sauver de ce mauvais lieu aussi vite que possible. Mais mon ami Hervé tient absolument à me présenter la merveilleuse romancière qui..

Et c'est <u>vous</u> ! Et vous avez ce chandail beigeasse. Et c'est là que tout vire au délire, à l'inexplicable. Il m'a suffi de vous voir pour qu'aussitôt... Ça a été terrible, fulgurant. Sur l'instant, j'ai eu envie de vous toucher, de vous serrer dans mes bras, de... Jamais je n'avais ressenti <u>ça</u>. J'ai dû faire un effort — vraiment — pour ne pas vous prendre par la main et vous entraîner, comme un dingue, dans un couloir, un bureau désert et...

Et (rien ne me convaincra du contraire) vous avez tout bien vu, tout bien compris. Et je suis certain aussi que c'est parce que vous avez tout compris que vous vous êtes arrangée pour que j'entende on ne peut plus clairement l'adresse confidentielle que vous avez donnée confidentiellement à ce balourd d'Hervé.

Si j'envoie cette lettre ça sera là, dans ce studio-atelier où (à ce que j'ai compris) vous vous cloîtrez pour écrire. Et vous lirez ce curieux message et... ?

N'allez pourtant pas le prendre pour une déclaration d'amour. Je ne me vois guère épris d'une « écriveuse » de votre trempe. Votre bouquin (le dernier donc, puisque je n'ai lu aucun des autres) est parfait, hautement goncourable. Il est même (soyons honnête) assez émouvant par moments. Mais faire du sentiment avec une dame à la tête manifestement aussi pleine, j'en serais incapable. Je ne confonds point féminité et dame du Fémina.

Et la question n'est pas là.

J'ai tout simplement, tout crûment envie de vous.

Je le répète : ça ne m'était jamais arrivé. Enfin, jamais comme ça.

D'où cette lettre absurde (?), d'où cette absolue absence de stratégie.

Je ne vais même pas me relire. Je vais foncer mettre cette lettre dans une boîte. A Dieu vat !

P.

Il est évident que vous pouvez, avec ce mot, me ridiculiser. Pire : vous pouvez aussi me fourrer dans des problèmes terrifiques — c'est que j'ai une femme et que je l'aime et que... Tant pis. Je ne mets (hélas) pas grand-chose de moi dans mes films.

Mais, si vous avez vu celui qui se passe en Italie, peut-être vous souvenez-vous de certaine scène dans un palais vénitien. Eh bien...

Si vous me répondez, faites-le, je vous en prie, à la poste restante de la rue du Colisée.

Je suis sûr que vous me répondrez.

Non, Monsieur, je ne vous répondrai pas ! Et ne soyez surtout pas tenté de croire que cette lettre vous est adressée !

C'est à votre double que j'écris aujourd'hui, votre jumeau, enfin vous voyez de qui je veux parler ; l'autre, le gentil égaré que vous avez dépêché à votre place ce vendredi soir pour ce cocktail « merdique ». Lui n'avait pas tellement l'air de le trouver si merdique que ça, seulement un peu bruyant peut-être, un peu conventionnel... Mais il était — au début du moins — avec une femme à laquelle il avait manifestement envie de faire plaisir. Et puis cette femme (la sienne ?) s'est éloignée. Il a flotté un peu dans la mêlée, s'est laissé porter par le flot des bavards-buveurs, a répondu ici et là par des mots brefs et de vagues sourires, a dérivé vers le bar... ou vers moi ? Je le regardais venir lentement, retardé par des gens qu'il saluait tous du même hochement de tête sans conviction. A sa place, Monsieur le hargneux, vous eussiez été excédé...

Il m'avait presque rejointe. En tout cas, il avait déjà posé sur moi son beau regard fatigué. Quand Hervé est intervenu, le mal, je crois, était fait. Ne cherchons pas de

13

responsable, s'il vous plaît. Ce « balourd » d'Hervé n'y est pour rien. D'ailleurs, lors des présentations, personne n'écoutait... Le beau regard fatigué a trouvé le mien, s'y est plu un moment, l'a quitté pour voyager lentement sur tout mon corps... Ah ! fatigué mais clair voyant tout de même ! Et même doté d'un certain sens de la nuance. Ce n'est pas lui, Monsieur le grossier, qui aurait confondu le verveine de mon cardigan avec le « beigeasse » que vous dénoncez ! Sous « l'immonde chandail beigeasse de Duras frileuse » (vous reconnaissez votre style, Monsieur le goujat ?), il paraissait deviner des choses dignes d'un examen soigneux. Quant à mes « chaussures de pute », demandez-lui donc si leur cambrure ne modelait pas tout à fait à sa convenance mes chevilles, mes mollets, mes genoux ? (Je les cite dans l'ordre où il les a détaillés, avant de revenir tranquillement à mes yeux...) Il n'en a rien dit, mais sa prunelle approbatrice et sa lèvre entrouverte parlaient pour lui. Il aurait pu, à cet instant, mettre une rotule à terre et déclarer : « Vous avez, Madame, des jambes de reine ! » sans me faire sourire... Et vous ! vous !... « chaussures de pute ! »

Non, est-ce possible d'être à ce point dissemblable de son double ? C'est peut-être le thé que vous buvez, Monsieur ? L'autre, lui, boit du champagne. Mais pas au point de perdre le goût, ni la mémoire. Comme vous, il a d'abord cru que j'avais mis de l'orange dans le mien. Il a tenu à goûter mon mélange. A badiné : « Je vais connaître vos pensées. » A fini mon verre. En a demandé un autre, le même. Et puis s'est exclamé : « Mais l'orange a un goût curieux ! » C'était de l'abricot, Monsieur, et j'en avais bu pas mal avant de le rencontrer. Figurez-vous que c'est ma façon à moi de supporter les cocktails merdiques, et j'en ai bu encore bien plus après, quand on est venu le

14

chercher, quand on me l'a arraché, et que je me suis retrouvée toute froide, et vide, et désenchantée loin de l'éclair brun de ses yeux intelligents.

Alors oui, c'est vrai, j'ai hurlé mon adresse à Hervé parce que l'autre était dans les parages, qu'il s'apprêtait à partir, qu'il disait au revoir à je ne sais qui en me tournant le dos, mais que son oreille, sa nuque, ses épaules m'écoutaient très fort... Je voulais le revoir, ou bien qu'il m'adresse un petit signe, une lettre, tiens, comme la vôtre, un petit message ardent et tendre...

Et c'est vous qui écrivez. Qui expliquez, n'expliquez pas, vous qui interrogez, m'avertissez. Vous qui parlez de ridicule, d'insensé, d'attaque, de problèmes... Prétentieux que vous êtes ! Je me fiche, Monsieur, de votre situation, de votre renommée, et du scandale que je pourrais susciter... quelle idée ! Je vais rarement au cinéma, j'en ai peu le temps, car j'ai, moi aussi, figurez-vous, un mari que j'aime, et des enfants, et du travail. Beaucoup de travail.

Non point tant, cependant, que je ne sache trouver un moment pour découvrir et apprécier quelqu'un de gentil, de drôle, de charmant, quelqu'un qui puisse parler d'amour sans mots, mais sans frayeur. Votre adorable double, par exemple.

Si vous le voyez ces jours-ci, dites-lui pour moi que j'ai eu bien du mérite, l'autre soir, à ne pas mordre sa bouche étonnée où brillait une goutte de champagne à l'abricot, à ne pas glisser mes mains sous son pull-over, à ne pas poser ma joue sur son épaule. Voilà.

S'il m'avait entraînée, lui, dans un bureau désert, je l'aurais suivi, je crois, avec une fougue que n'auraient pas suffi à expliquer toutes les coupes bues...

15

Quant à vous, Monsieur, je vous imagine volontiers couché par terre, réduit à l'impuissance (!) et je pose sur votre estomac une de mes chaussures de pute, en levant haut le genou, pour que vous voyiez bien ce que vous avez perdu !

F.

Et voilà !

Je me retrouve dans ma cuisine et c'est encore le matin et...

Et quoi ?

Ne me dites pas que nous voici partis pour une idylle par lettres façon XVIIIe siècle. Ne me dites pas que nous allons — comme deux tristes et fort raffinés connards — prendre le pli de nous expédier des missives plus ou moins libertines, histoire de nous prouver que nous sommes — vous comme moi — les derniers à savoir qu'une lettre (même insensée) vaudra toujours mieux que le fax le mieux tourné.

Et n'allez pas non plus distribuer les rôles à votre idée. C'est qui ce personnage mal embouché qui hante les cocktails littéraires en compagnie de son double au regard craquant ?

Certainement pas moi.

Si je réponds à votre « non-réponse », c'est parce que — je vous l'ai dit clairement, non ? — depuis ce soir aussi banal que tous les soirs que Dieu fait, je ne peux pas m'empêcher de penser à vous.

17

Et pas comme à une femme à qui (c'est de vous, ça)
« on puisse parler d'amour sans mots ».

Je n'ai pas envie de vous parler d'amour.
Je ne sais même pas si j'ai envie de vous faire l'amour.
Je ne sais rien de précis.
Mais je voudrais absolument vous voir. Vous manger
des yeux. Vous prendre la main. La taille. Vous sentir
contre moi. Vous...

Je le répète : ça ne m'est jamais arrivé, ça.
Jamais.

La photo en quatrième de couverture de votre roman
est sur mon bureau. Bon. Je la connais par cœur à force
de la regarder. Alors ? Abstraction faite du sourire
engageant de la femme de lettres qui veut appâter le
client de la Fnac ou de Monoprix, vous êtes belle.
D'accord. Et le corsage de cette photo est nettement
plus causant que le cardigan (beigeasse, pas beigeasse ?)
de « notre premier soir ». Mais — honnêtement — vous
n'êtes, chère dame, ni Miss Monde ni une de ces nym-
phettes qui font, c'est bien connu, délirer les hommes de
mon âge.

Soyons franc — soyons vraiment goujat ! Je vous
trouve moins attirante que ma femme et que dix, quinze
créatures (comédiennes, assistantes, secrétaires de pro-
ducteurs même) que je côtoie journellement. Seulement
voilà : c'est vous que j'ai envie d'embrasser, vous que j'ai
envie de voir nue. Vous.
Pourquoi ? Pourquoi ?

Cette putain de question, je n'en finis pas de me la

poser. Et aucune réponse ne me satisfait. Et votre lettre non plus ne me satisfait pas. Oh ! Non.

Grand merci pour ces trois pages trop finement écrites au crayon sur papier de lycéenne. Mais ce n'est pas cela que j'attends de vous. Ce que j'attends — et fiévreusement, maintenant —, c'est un rendez-vous.

D'ailleurs, je vous le donne. Je vous attendrai lundi prochain à 3 heures de l'après-midi au bar du Lutetia. A Paris, oui. Pour quoi faire ? Aucune idée ! Nous verrons bien.

A lundi donc.

P.

P.S. Ceci n'est pas une déclaration d'amour. C'est une déclaration de désir. Mais impérieux. A lundi ?

Juste un petit supplément à ma lettre (de goujat) de ce matin.

J'ai relu la vôtre. Pour n'en retenir que ce passage : « Le mal, je crois, était fait. » Ce qui veut dire, n'est-ce pas, que vous aussi, vous avez ressenti « quelque chose ». Et d'assez fort (et pervers ?) pour que vous évoquiez l'idée de « mal ».

Ça serait fabuleux que vous éprouviez le même trouble que moi.

Auquel cas...

Je sais que, vous comme moi, avons pour job de bricoler des histoires, d'agencer des situations, de mettre en scène des personnages. Je sais que nous sommes plus enclins que la moyenne des mortels à « nous faire du cinéma ». Mais si nos vies se mettaient vraiment à devenir un roman ?

Lundi (à 3 heures au Lutetia), je serai le P. qui semble vous intéresser, celui au « beau regard fatigué ». Enfin... Je tenterai de l'être.

Vite lundi — P —

Vendredi
le facteur tourne à peine les talons

... et j'ai ouvert tout de suite votre lettre, et je me précipite pour répondre, parce qu'il faut que vous ayez un courrier avant lundi, parce que je ne veux pas que vous attendiez en vain au Lutetia — ni ailleurs — cette femme même pas Miss Monde que vous seriez tenté de prendre pour une bêcheuse.

Je ne me trouverai pas au Lutetia lundi à 3 heures pour de multiples raisons, et la première est que mon planning de la semaine prochaine, comme celui de la suivante, s'avère, ne vous en déplaise, archicomplet. Je vous rappelle que j'habite en province, et que, malgré les progrès extraordinaires de la technique et les performances du TGV, il me faut bien trois heures et demie de trajet de mon domicile au cœur de Paris, et autant pour le retour.

La seconde raison est que vous ne me semblez pas être le genre d'homme à susciter chez moi, de but en blanc, une fulgurante envie de poudre d'escampette, ni à valoir la peine que je désorganise, pour un rendez-vous des plus bizarres, un emploi du temps savamment élaboré.

Vous allez me trouver odieusement popote... Tant pis : qu'ai-je à y perdre ?

21

Moi, je vous trouve invraisemblable d'égocentrisme.
Votre dernière lettre était d'un goujat, c'est vrai. Celle-ci
relève de l'individualisme le plus choquant. S'il me fallait
y choisir deux mots pour la résumer, sans hésitation,
j'entourerais ce « Moi, je... » autoritaire, enfantin, sec et
buté comme un coup de pied rageur... « Moi, je... n'ai
pas envie, je ne sais pas, je voudrais absolument (sou-
ligné, le " absolument"), j'attends de vous, ça ne m'est
jamais arrivé... » Avec quelle complaisance vous vous
analysez, vous écoutez, vous interrogez !

J'ai, finalement, dans votre aventure, un bien petit rôle.
Vous éprouvez une sorte de coup de foudre — oui, ne
vous insurgez pas, c'est comme ça que ça s'appelle, même
si, j'ai bien compris, l'amour n'a rien à y voir, même si la
fille en face n'a rien d'époustouflant, j'ai compris aussi.
(D'ailleurs, pour ne pas comprendre, avec l'insistance
que vous y avez mise, j'aurais dû être complètement
bouchée, mais je me demande si le problème en aurait été
changé, vu la place que je tiens dans l'histoire, et l'impor-
tance qu'en fait vous m'accordez.)

Bon, vous éprouvez donc une sorte de coup de foudre.
Incompréhensible. (Vous appuyez.) Un caprice de votre
libido. (Et encore, « libido »... je vous cite : « Je ne sais
même pas si j'ai envie de vous faire l'amour. » D'abord,
pourquoi ce serait vous qui me feriez l'amour ?) Vous
vous étonnez devant l'obstination et l'urgence de votre
désir (« impérieux », le désir). Je voudrais vous voir,
vous toucher, vous sentir contre moi... Tout cela paraî-
trait flatteur si vous ne vous étiez cru obligé à une espèce
d'antidéclaration à la gomme.

« La femme de lettres qui veut vamper le client de la

Fnac ou de Monoprix » (merci, gentil seigneur !) frissonne quelque peu d'agacement à reconnaître chez l'homme de cinéma (celui des castings, dont l'œil avisé jauge en une seconde et demie les tours de taille et de poitrine, le modelé d'un profil, la grâce d'une démarche) cette prompte aisance à commenter, peser, apprécier le physique des femmes... La femme de lettres etc. n'admettrait, à la limite, ce genre de considérations que tombant de l'irréprochable bouche d'un Apollon... Je ne voudrais pas être désagréable, mais enfin, il me semble qu'en ce qui vous concerne...

Je pourrais néanmoins accorder du charme à certaines de vos imperfections, avoir envie, moi aussi, de serrer contre moi un homme dont je ne sais pas bien, au juste, pourquoi il me plaît tant...

Mais que vous importe ce dont j'ai envie ? Vous avez mal lu, et mal relu ma lettre. Le trouble dont vous parlez y éclatait bel et bien. Sans perversité aucune cependant, désolée de vous décevoir peut-être. Vous ne vous êtes guère attardé à son évocation... Pourtant, c'était au moins quelque chose que nous avons eu en commun quelques instants...

Avant vos lettres, disons, avant la seconde, j'avais commencé à rêver. Oui... un roman ensemble, à nous deux, pourquoi pas ? Et cette formule heureuse que vous avez (au moins une) « notre premier soir », je l'avais déjà employée en pensant à vous, en entrevoyant un hypothétique avenir à notre rencontre.

Mais, vrai, cette association, « deux tristes et fort raffinés connards » (je vous suis infiniment reconnaissante de m'unir ainsi à vous dans le qualificatif et le substantif !), ne me semble plus si envisageable...

Tout plaquer lundi et courir au diable pour un beau regard fatigué...

Non, ne m'attendez pas.

Vendredi 18 h 30

J'ai peut-être raté la levée du courrier. Vous n'aurez peut-être pas ma lettre à temps. Vous allez me guetter au Lutetia...

Il y a un TGV lundi à 13 heures, qui arrive gare Montparnasse à 16 heures. M'attendrez-vous jusqu'à 16 h 30 ?

Bien sûr, comme votre désir est impérieux et que vous avez envie de me voir nue, je serai dans le plus simple appareil. Vous ne pouvez pas me louper.

F.

Un décidément désastreux lundi
à 20 heures

L'idéal serait que cette lettre arrive dans votre foutue province avant vous. Et que votre époux (cet admirable Patrick « avec qui vous êtes si heureuse ») vous attende dans l'entrée pour vous la remettre.

Une lettre d'excuses ? Non. Une lettre de confusion.
Car je suis horriblement, totalement confus. Ce n'est peut-être pas le bon mot, confus. Une pro de l'écriture comme vous aurait sûrement trouvé un mot plus...
On s'en fout des mots !

Ce qui est important, grave, désastreux, c'est que me voici dans le désarroi. Comme un boxeur K.-O., comme un joueur qui a tout misé sur un numéro, un seul, et tout perdu. Et par sa faute.
Mais que s'est-il passé, bordel ?

J'étais bien, si bien à vous attendre dans ce bar de paquebot pour roman de Morand (ou de Dekobra — ça aussi vous devez le savoir mieux que moi). J'étais confiant et « allumé » comme quand on a quinze ans et que c'est votre premier rendez-vous.

Et vous êtes arrivée. Et vous m'avez souri et — adieu

26

le look Duras, adieu le beigeasse ! — vous étiez vêtue exactement comme il fallait l'être. Vous n'étiez plus seulement attirante, « aimantante », vous étiez belle. Et de belle humeur, n'est-ce pas ! Vous avez gentiment picoré une amande, vous m'avez gentiment résumé le bouquin de Lorin Moore que vous aviez dévoré dans le TGV, vous m'avez — surtout — très gentiment laissé entrevoir que, sous le corsage de soie noire, vos seins étaient nus.

Je vous ai mangée des yeux, dévorée même. Et cela a semblé vous convenir tout à fait.

Vous avez les jambes fines ; j'adore. Vos mains aussi sont parfaites. Longues. Je vous contemplais, je vous jaugeais, je vous appréciais. Et le fait que nous n'échangions que des propos anodins, convenus presque, pendant cette séance de « matage » ne faisait qu'augmenter mon trouble.

Pas de problème. Vous étiez <u>exactement</u> la femme dont j'ai envie depuis le soir de votre prix. Exactement. Tout me troublait — tout me trouble — en vous. Vos demi-sourires, cette façon si particulière de tendre vos bras sans raison qui fait saillir vos seins sous la soie du corsage, votre parfum (son nom ?), votre cou — vous avez un des plus jolis cous qui soient. Tout quoi !

Bref. Je n'étais que désir.

Et — brusquement...

Vous étiez une femme on ne peut plus désirable et très manifestement consentante et... ça m'est arrivé comme une angoisse, comme vous arrive un fou rire imprévisible, ça m'a envahi, submergé, flingué.

Brusquement, des mots orduriers, des pensées

infectes me sont venus à l'esprit. Je me suis dit : cette petite épouse provinciale, cette mère de famille plus toute jeune, cette pisseuse d'encre qui finira dans le fauteuil de Yourcenar ou de l'autre écrivassière qui connaît la Russie mieux que ses chiottes, est venue à Paris pour se faire sauter entre deux trains ! Elle se fout pas mal de toi, tu ne l'intéresses pas, n'importe quel autre mec ferait aussi bien l'affaire. Ce qu'elle veut, la Bordelaise, c'est se faire baiser bien bien. Et rien d'autre. Ce n'est pas avec toi qu'elle a rendez-vous. C'est avec une queue. Et tu vas t'échiner pour qu'elle ait plus que son compte de plaisir et elle te laissera pantelant, vidé et...

Je sais maintenant que c'était ridicule de penser cela. N'empêche que... J'ai tout fait déraper, louper volontairement.

Je suis le dernier des cons ? Des porcs ?

Quand, lasse de me voir faire des efforts pour faire durer la « converse », vous vous êtes levée et m'avez dit — sans même un soupçon de rancœur — que vous alliez profiter de votre passage à Paris pour aller voir s'il y avait de belles choses chez les marchands de fringues de la rue de Sèvres, j'aurais dû vous prendre par la main et vous entraîner dans cette chambre (la 700) que j'avais retenue depuis trois jours.

Ce qui est vrai dans tout ça c'est que, depuis notre premier instant au cocktail de ploucs, je ne comprends rien à ce qui m'arrive.

Je ne vous demande même pas pardon. Je ne vous demande rien.

Ce qui m'apparaît (et me consterne et m'enchante)

c'est que, maintenant, non content de vous désirer de plus en plus, je suis en train de tomber amoureux de vous. Parce que vous n'êtes pas seulement bandante.

Là, j'en suis à mon sixième whisky et j'ai envie de crever. Et de ne pas crever pour pouvoir vous revoir. Le plus vite possible. Ma conduite est insensée. Et impardonnable. Je le sais. Alors ?

Alors — après trois jours passés à Rome (pour tenter d'arracher une petite montagne de fric européen à un producteur) —, je viens vous voir. Oui. Je viens à Bordeaux. Dans cette ville qui est la vôtre et que je ne connais pas.

J'y resterai autant de jours qu'il le faudra. A vous attendre. Dans un hôtel si possible « classieux ».

P.

Et tu mettras le même corsage. D'accord ?

Mercredi

C'est là que je vais vraiment vous paraître perverse : j'ai adoré votre lettre.

J'ai adoré aussi ce qui s'est passé entre nous — ce qui ne s'est pas passé — lundi. J'avais pensé tout le temps à vous, dans le train. Le bouquin de Lorin Moore, c'était pas vrai. C'était juste pour parler, longtemps, et vous donner l'occasion de me couper la parole, de déclarer : « On s'en fout de ce livre de merde, bordel ! (Vous voyez, je commence à très bien inventer vos discours !) On n'est pas là pour ça ! Quand est-ce qu'on baise ! »

Mais vous m'écoutiez avec de petits hochements de tête, des yeux mobiles, un sourire hésitant. Je me disais : « Alors, il se lance ou non ? » Et je continuais mon histoire, mine de rien, mine de ne pas m'apercevoir que vous regardiez mes seins, mon cou, mes jambes, mes mains. Partout où votre regard se posait, ça brûlait un peu, moitié plaisir et moitié gêne, quelque chose d'indéfinissable où entrait une grande part d'incertitude et presque de timidité. « Est-ce qu'il me trouve assez jolie, au moins ? Pourquoi il ne dit rien ? Ou que des choses insignifiantes ? C'est pas possible que je le subjugue à ce point... C'est pas possible non plus que je le dégoûte, quand même... Peut-être qu'il joue? Peut-être qu'il attend que je donne le coup d'envoi... Et après, il ricanera, il affirmera : " On fait la mijaurée, et puis on accourt pour se faire sauter, on piaffe même, on prend les devants... " » Vous voyez que, moi aussi, je me tenais des propos assez vulgaires — que je vous attribuais certes, mais le fait est là.

Le suspense devenait pesant, intolérable. Vous enfiliez des banalités navrantes. J'ai failli poser ma main sur la vôtre — justement vous écrasiez une nième cigarette d'un drôle de geste, presque méchant —, et demander : « Qu'est-ce qu'il y a? »

J'ai réfléchi très vite, hésité à décider si vous étiez encore plus goujat que ce que j'avais pu entrevoir jusque-là, ou au contraire, beaucoup plus délicat...

Moi, j'avais balancé longtemps avant de consentir à votre rendez-vous. Enfin, longtemps... Quelque temps quand même. Et puis, consentir à votre rendez-vous n'est peut-être pas l'expression exacte, disons « consentir à reconnaître que j'avais envie d'y aller ». Je me suis inventé des prétextes pour m'y rendre, auxquels ni vous ni moi n'avons cru. Et dans le train, j'ai pensé : « Pauvre gourde! Il n'en veut qu'à ton cul, c'est manifeste. Eh bien, tant pis pour lui, ce n'est pas ce que j'ai de plus joli! » Et j'avais un peu mal d'imaginer que vous me désiriez et que, finalement, j'accourais au-devant de ce désir. Et puis, dans ce « bar de paquebot », j'ai été tentée de souffrir, parce que peut-être vous ne me désiriez plus.

Mais votre queue! Cher chéri, cher orgueilleux! pas une seconde, pardonnez-moi, pas une seule, je n'y ai

31

songé ! Aurais-je bousculé ma hargne — et mes projets — et couvert tous ces kilomètres pour une queue, quand bien même il se fût agi de la vôtre ? Nous avons, Monsieur, à Bordeaux, de fort belles et fort bonnes queues. Quelles drôles d'idées vous m'avez prêtées, bien bassement intéressées et, soit dit entre nous, un peu sottes. Si j'avais eu envie de me faire baiser « bien bien et rien d'autre », il n'est pas sûr que je me fusse adressée, de façon hasardeuse, à un inconnu dont j'ignorais tout — dont j'ignore encore tout. Merci, merci, car je vais peut-être maintenant me mettre à fantasmer pour de bon.

Moi, c'est avec un regard fatigué que j'avais rendez-vous, fatigué mais chaud, et ironique parfois, et lumineux. Et il me plaît de penser que le propriétaire de ce regard n'est pas un homme facile. Voilà, j'adore le plaisir, et je déteste les hommes faciles. Disons qu'il m'arrive de m'en servir mais que je leur en veux toujours d'avoir cédé trop vite.

Ah ! Vous avez eu raison, cent mille fois raison, face à la mante religieuse que vous m'avez supposée être, de garder votre queue, et tout le reste que j'ai envie de découvrir.

Moi aussi, soudain, j'ai envie de vous voir nu. Et fort, ou fragile peut-être. Et attendrissant comme dans votre lettre de lundi soir.

Je vous ai quitté sur des sentiments mêlés où n'entrait, je vous l'assure, aucune déception. Juste une petite angoisse : « Est-ce que ce type-là va encore m'écrire, ou est-ce qu'il va s'appliquer tout de suite à m'oublier ? » Et une immense allégresse, que j'essayais en vain de juguler, un immense espoir : « C'est le début d'une belle histoire, *il l'a senti, il n'a rien voulu abîmer... » Je m'exaltais sans doute, mais je vous le jure, je chantonnais dans les rues de Paris !...*

Et depuis, je suis passée par des phases successives de rêve et de découragement. J'ai analysé, pesé, soupesé, à retardement, le moindre de vos mots, de vos gestes, quand nous étions ensemble, au Lutetia. Je me suis surprise à soupirer, à divaguer, j'ai tâché, dans les moments de doute et de faiblesse, de me houspiller en saccageant mes délires de vilains mots (vous voyez que ça arrive à tout le monde), j'ai fait semblant de croire que je regrettais une belle partie de cul, et je me suis engueulée — espèce de conne, si ça se trouve, il bande mou et il baise comme une pantoufle !

Mais je m'en fiche, je m'en fiche ! Et même si tu ne bandais pas du tout, je voudrais bien être dans tes bras, et que tu sois tendre et humble, et que tu dises à mon oreille, comme tu l'écris depuis qu'on s'est rencontrés : « Qu'est-ce qui m'arrive ? Qu'est-ce qui m'arrive ? »

Moi aussi, je me demande ce qui m'arrive. Et mon mari aussi, que j'ai traîné au cinéma hier soir. J'ai raconté n'importe quoi, que j'avais besoin de voir ce film, celui-là et pas un autre, pour mon bouquin... Ce n'était pas le plus récent mais c'était le seul qui passait à Bordeaux... J'ai scruté chaque image, emmagasiné chaque scène, guetté chaque réplique (les dialogues, c'est pas toi ?).

Quand la lumière est revenue, Patrick m'a demandé si cela m'avait plu, et je l'ai découvert là, à mes côtés, avec stupéfaction, confuse comme si je venais de faire l'amour avec toi pendant deux heures...

Mais le pire, le plus doux, le plus fou, c'est cette lettre ce matin. Je la connais par cœur, et la moindre de ses ratures. Non seulement tu corriges, tu gribouilles, tu rajoutes mais en plus du bleu sur le noir ! Quel courage ! As-tu compris que la pisseuse d'encre que je suis écrit au crayon à papier pour pouvoir gommer ses errances ? J'ai honte de mes brouillons, de mes répétitions, de mes fautes... Pudeur bête, non ? D'ailleurs je suis très pudique. J'ai hâte de te montrer ça.

Mais où es-tu ? Où es-tu ? Où envoyer cette lettre ? A Paris, à l'adresse habituelle, avec des mots de collégienne sur l'enveloppe « urgent, faire suivre SVP » souligné deux fois... Et espérer que tu la recevras vite... Ou bien que tu te manifesteras si tu te trouves à Bordeaux... Attendre. Un billet, un coup de fil. T'attendre.

Je te dirai le nom de mon parfum quand tu m'embrasseras dans le cou, en poussant un grand soupir d'aise et de convoitise.

Sinon, tu ne le sauras jamais.

F.

Rome, un samedi, la nuit

La ville éternelle, ils disent.

Et j'ai l'impression que voilà une éternité que j'y marine — occupé à ne rien faire qu'attendre dans un hôtel fort étoilé et fort déprimant de la via Veneto. En plus il pleut.

Bon, je fais quoi ici ?

J'attends qu'un certain signor Tedesco (un producteur très friqué) revienne de Boston et me consacre la petite heure à l'issue de laquelle je saurai si oui ou non mon film sera tourné.

Et voici que me parvient (dans l'attaché-case d'un ami producteur parisien, génial — lui — mais fauché) cette adorable lettre sur papier bleu. Ton papier.

D'abord : merci. Tu es décidément tout à fait telle que je te rêve.
Que dire de plus ?
Que je voudrais que tu sois avec moi dans cette chambre tellement trop grande, même pour un homme

35

de ma taille. Que je voudrais partager avec toi ces montagnes de spaghetti, tortellini *(con faggioli)* que j'absorbe pour tuer mon ennui. Que je voudrais t'embrasser dans le cou pour retrouver ce parfum qui m'obsède.

Ma « connerie » du Lutetia n'était pas calculée, mise en scène, je te le jure. Mais tu l'as compris.
Et c'est... fabuleux... ça te va comme mot ?
C'est vrai que c'est fabuleux, incroyable, inespéré : nous nous connaissons à peine, nous ne savons quasiment rien l'un de l'autre, nous sommes sûrement très très différents et il y a eu une rencontre — une seule — et des lettres — peu de lettres — et une seconde rencontre — dérisoire, au moins apparemment —, et voilà que ça se met à « brûler ». Voilà que tu es entrée dans ma tête, dans ma vie et que...
C'est à n'y rien comprendre.

Mais c'est aussi — et Dieu merci ! — à en suffoquer de joie. Alors, sitôt vu mon Rital à eurodollars, je mets le cap sur Bordeaux.
En attendant...

En attendant je vais dire à quelqu'un ce que je ne devrais sûrement pas lui dire.
Mais ce quelqu'un c'est toi.
Et, à toi, maintenant, j'ai envie de tout dire.
Mais vraiment tout.

Mon ami Capelier (mon producteur français exquis, cultivé et plus pauvre que pauvre) m'a remis ta lettre sitôt arrivé. Je l'ai lue au bar de cet hôtel. Et relue cinq fois, dix fois durant notre dîner. Et je me suis retrouvé

36

dans cette chambre. Et je n'avais qu'une idée : trouver le numéro de téléphone de ton appartement « conjugal » à Bordeaux et t'appeler. Je l'ai trouvé ce numéro. Et puis... non. A quoi ça aurait rimé de t'avoir au bout du fil, sous un autre ciel et de t'entendre ? Non. Nous n'allons pas nous mettre à jouer à ça. Pas toi, pas moi. Non !

Ce coup de fil, je me le suis ravalé ! Et...

Je te dis tout.

Alors voilà : la fille vient de quitter cette chambre. Pas une pute fellinienne. Pas non plus une call-girl au-dessus de mes moyens et imbaisable parce que rétribuée. Non. Une agréable petite Romaine qui travaille avec mon fantôme de producteur et qui m'a fait le plaisir de déjeuner deux fois avec moi depuis mon arrivée. Bien sûr qu'elle me plaît. Son nom c'est Gemma. Elle a vingt-huit ans. Et de longues longues jambes. C'est son numéro à elle que j'ai composé au lieu du tien.

C'est elle que j'ai embrassée dans le cou ce soir. Je n'ai pas songé à lui demander le nom de son parfum. Très différent du tien. Agréable. Mais tellement moins... Mais je l'ai déshabillée très lentement. Elle avait un soutien-gorge de petite fille sage. Blanc. Presque en coton.

Je te dis tout, d'accord ? D'abord, j'ai cru que j'allais lui faire l'amour comme si elle était toi. Mais non. Ce sont ses seins à elle qui m'ont bouleversé. Et c'est bien son ventre plat à elle, pas bronzé, d'un blanc émouvant, que j'ai caressé. Et c'est son sexe à elle que j'ai ouvert, embrassé comme j'aime tant le faire. Tu verras... Un jour... Et elle a murmuré de drôles de petits mots. Des mots italiens que je ne connaissais pas.

Et pendant que tout cela se déroulait — merveilleusement —, tu n'étais plus dans ma tête. Et tu es revenue. Brusquement. Alors que...

J'étais allongé à ce moment-là, abandonné à elle, elle agenouillée contre le lit. Elle était douce, très douce. J'avais du plaisir. Énormément. Et, soudain, je t'ai vue. Tu étais là.

Peu importe la suite des événements. Gemma avait envie de rester dormir avec moi. Je lui ai demandé — gentiment, en gentleman — de partir.

Les draps, les oreillers sentent Gemma.

Mais moi je te sens toi.

Il est 5 h 17, je ne dors pas, je ne dormirai pas. Dès qu'il fera jour, j'irai marcher dans les rues, sous la pluie. Je te chercherai dans les rues.

A toi, à bientôt, à très vite. P.

P.S. Pour vraiment tout te dire : en temps normal, je n'aurais sûrement pas couché avec cette fille. Elle est vraiment charmante mais j'ai, depuis pas mal de temps, perdu le goût de ce genre d'aventure. Mais « depuis toi », je ne pense qu'amour.

Curieux, non ? Et — j'espère — pardonnable.

Encore là-bas ? Tu avais dit trois jours !

Ta lettre m'a fait du mal et du bien. Elle a rompu le silence et le doute. J'essayais, avec toutes les antennes dont j'étais capable, de sentir si tu t'approchais de moi, si tu étais à Bordeaux, ou sur le point d'y arriver...

Vingt fois, j'ai failli t'écrire encore. Vingt fois j'ai renoncé, avec une drôle de petite angoisse (en fait, une sale fierté, et une sale trouille).

« Et s'il avait changé d'avis, d'idées, d'obsession ? » Ta lettre m'a rassurée. Ah ! bon ! me suis-je dit, il est encore là-bas. Alors c'est normal qu'il ne soit pas déjà ici... Il est encore là-bas et il pense encore à moi... Il est encore là-bas, où toutes les femmes sont des salopes... Qu'on me montre une Romaine, une seule, qui ne lui aurait pas ouvert ses jambes... Petites merdeuses latines, langoureuses et bavardes, petites putains brunes au ventre plat ! Je les hais, elle surtout. J'ai mis du temps à me l'avouer — au moins dix minutes, après avoir relu ta lettre dix fois —, je suis abominablement, méchamment, douloureusement jalouse.

Des tas de petits pinçons ensemble, de petits regrets, de

39

petites brûlures, et de grosses hargnes. D'abord, pourquoi, pourquoi n'as-tu pas téléphoné ? ça, ce coup de fil envisagé, prémédité, je l'avais flairé... J'étais seule chez moi le week-end dernier. Patrick était parti dès jeudi. Une histoire d'ordinateurs déprogrammés dans une administration grenobloise qu'il m'a expliquée par le menu et à laquelle je n'ai rien compris, bien sûr, je n'écoutais pas...

C'est à n'y pas croire, mais, chaque fois que je me trouve préoccupée d'ailleurs (le devine-t-il), il se dégotte un problème à régler impérativement, si possible de l'autre côté de la France, et il prend la tangente. Tu vois, moi non plus, je ne te cache rien. Ma vie conjugale me laisse une grande liberté et il m'arrive très régulièrement d'en user. Ce qui m'arrive beaucoup moins souvent, ce qui, à vrai dire, ne m'est encore jamais arrivé, c'est de vider complètement la maison pour deux jours. (« Marina, tu peux me garder les gosses vendredi jusqu'à dimanche ? Non, madame Simon, ne venez pas pour le ménage, je me débrouillerai. Non, maman, dimanche impossible, d'abord Patrick n'est pas là, et puis j'ai du travail. »)

Voilà, horizon dégagé, je règne seule sur mon île déserte, et je peuple l'attente de rêves, d'espoirs et de craintes. Spasmodiquement, j'interroge à distance le répondeur de mon bureau. Tu n'en as pas le numéro, mais sait-on jamais ?

Je pense à toi, je te réinvente. Écrire, je ne peux pas. Ou alors pour parler de toi. Mon personnage masculin se met à te ressembler, il a ton geste aveugle et sûr pour saisir une cigarette dans le paquet, d'une main, la porter à sa bouche, toujours sans avoir l'air de le vouloir vraiment, mécaniquement. Je divague sur ces détails-là, ta main, ta bouche, j'écrirais un chapitre entier sur l'une et l'autre...

Et pendant ce temps-là, horrible bonhomme, tu posais

et cette main désirée et cette bouche convoitée sur une « agréable petite Romaine » que tu faisais délirer... Ah ! la garce ! la garce qui a profité de mon absence, de cette envie d'amour que j'avais allumée en toi (n'est-ce pas, c'est bien ce que tu as dit ?)... Il me semble que je lui en voudrais moins si elle était polonaise... Je connais trop les Italiennes, figure-toi que j'en suis une et que, moi aussi, je sais dire de drôles de petits mots... sauf que les miens, je te jure que tu les comprendras...

Est-ce bête, cette scène, quand il n'y a rien eu encore entre nous ? Ne me juge pas, ou alors avec indulgence. Pourvu que le dépit m'aille aussi bien que te sied l'aveu ! Car, bien sûr, tu t'en tires bien. Je ne peux que fondre d'attendrissement et de gratitude devant le cadeau de ta franchise, exceptionnelle s'il faut t'en croire. Et je te crois. Je voudrais tellement être quelque chose d'unique dans ta vie, quelque chose de... « fabuleux » (oui, ça me va comme mot, tout à fait, je n'avais jamais trouvé ce mot-là fabuleux, jusqu'à toi)... Je suis prête à recevoir toutes tes confessions comme autant de joyaux, prête à souffrir, à grincer, à sourire, à rêver, prête à t'imaginer paré d'obscènes et flamboyants colliers — les longues jambes fines d'une jeune beauté romaine —, prête à te trouver plus beau, plus désirable si d'autres te désirent, et plus précieux auréolé de leur plaisir, et plus troublant d'avoir sombré dans leurs draps, dans leurs bras, dans leur ventre.

Ventre plat, ventre blanc ! Je la hais et je la plains un peu... Je vois ça d'ici, un petit ventre anonyme de jeune femme saine, qui n'a pas encore beaucoup vécu, ni souffert, qui mange sans grossir, qui aime sans maudire, et qui baise sans aimer, sans comprendre, sans deviner... Et elle voulait rester dormir avec toi ? Vingt-huit ans et tous les culots !...

41

Ah ! j'eusse préféré, de ta part, une veillée d'armes plus fervente, et plus réservée. Que tu te recomposes une sorte de virginité pour moi, pour moi toute seule, que tu te transformes, seulement pour jouer un peu, en un fiancé fébrile et farouche. Au lieu de ça, mon cher dispersé, tu vas jouir sous d'autres cieux, dans d'autres bouches que la mienne... Rien d'étonnant à ce que mon fantôme se soit manifesté à ce moment précis. Il devait trembler d'indignation...

Et pourtant, mon transparent, que ta lettre me plaît ! Que je me sens ébranlée, touchée, flattée par ce naïf et délicieux empressement à « tout me dire » !

Ta confession, qui m'a d'abord à la fois navrée et ravie, a fini par me bouleverser tout à fait. J'entends par « bouleverser » tous les sens qu'on peut attribuer d'ordinaire à ce verbe. Émoi, émotion, émerveillement... Panique et allégresse de me découvrir amoureuse et rageuse comme à seize ans, avec des mots et des pensées vulgaires : « La pute, la pute, la salope ! », et une simplicité d'âme dont je ne me croyais plus capable... Bouleversée, chamboulée aussi. Excitée, quoi ! Tu comprends ? Tu veux des détails aussi ? Des aveux ?..

Moi, je ne te ressemble pas. Depuis que je t'ai rencontré, non, « rerencontré » au Lutetia, l'amour m'énerve... L'idée de l'amour. Avec les autres. Je n'ai envie que de penser à toi. J'ai posé un banal lapin à un banal dragueur avec qui il m'est arrivé de coucher parfois parce qu'il me fait rire (involontairement) et qu'il est si conventionnel dans son comportement qu'il en devient une mine à idées pour mes histoires... Bref, j'avais rendez-vous avec lui la semaine dernière. Rien que la perspective de le voir nu me crispait tout entière.

42

Avec Patrick aussi, je suis restée chaste. J'avais peur de vous mélanger tous les deux, d'abaisser mon amour de lui, mon désir de toi, à une vilaine petite compromission qu'auraient favorisée la fièvre et l'obscurité.

Bon, un week-end entier seule dans une maison avec des idées roses et noires qui s'agitent partout comme des chauves-souris, tu sais que c'est long ? J'ai résisté pourtant, gigoté dans mon grand lit solitaire sans capituler. Je me suis gardée pour le jour lumineux qui nous reverrait ensemble toi et moi...

Et puis ce matin, ta lettre. Juste après le coup de fil de Patrick qui ne rentre qu'après-demain... Je lis, je relis, je trépigne, je parle toute seule ; le temps d'atteindre mon troisième étage sans ascenseur — une lecture à chaque palier —, je la connais par cœur.

En arrivant dans mes meubles, au milieu de mes dictionnaires, crayons et cahiers, j'ai senti que l'émoi se faisait plus précis et plus charnel. C'est comme si j'avais été soudain, là, seule avec toi... Ton ombre rôdait autour de moi. J'ai cédé d'une façon très décidée, très organisée.
Je n'ai pas ouvert les volets, juste éclairé la petite lampe de travail, sorti ta lettre. Pas relu tes phrases, juste contemplé ton écriture nerveuse, tes petites ratures, tes gribouillages, le dessin d'un mot, ici et là...
J'ai un fauteuil assez haut, mais profond, où j'écris à longueur d'heure. Un compromis confortable entre le bon vieux bridge classique et quelque chose de plus design. Le cuir en est doux et odorant, surtout lorsqu'il tiédit. Là, crois-moi, il n'était pas loin de bouillir... Je t'ai appelé. Tu ne t'es pas fait prier. Tu t'es blotti entre mes pieds, entre mes genoux, je n'ai même pas eu le temps de quitter

ma culotte, c'était trop pressé. Ce que tu avais fait à la petite Romaine, ce que d'habitude, moi, je n'aime pas trop, je le voulais aussi en plus suave encore, plus pénétrant, plus enveloppant. C'est moi qui t'ai fait un passage, moi qui t'ai ouvert la porte. Oh ! bienvenue, adorable spectre, qu'il est doux de se rendre quand on a si longtemps combattu ! J'ai compris, à cette minute, l'histoire de la petite chèvre de Monsieur Seguin, qui s'est enfin laissé manger... Le loup n'est pas cet abominable tueur sanguinaire dont on effraie les petits enfants.

Tu m'as mangée bien doucement, bien tendrement, et j'ai joui dans mon fauteuil, ma joue contre le cuir parfumé, et les paupières serrées sur ton image...

Voilà ce que tu as fait de moi, une jouvencelle qui se caresse en s'imaginant de délicieuses choses dégueulasses.

Quand viens-tu pour de bon ? Je tremble d'orgueil et d'épouvante parce que je me sens radicalement différente d'une agréable petite Romaine de vingt-huit ans au ventre blanc et plat...

Aimeras-tu mon ventre à moi, un peu bombé, très mat, avec de petits chemins nacrés à peine lisibles (sauf pour ceux qui regardent de très près), de petits chemins qui racontent mon histoire de femme déjà mûre, ayant porté en elle des enfants, des promesses, des douleurs ?

Oui, tu l'aimeras. Parce que tu te coucheras sur moi, en prenant garde de ne pas m'écraser — tu es si grand —, et nous garderons au chaud, entre nos ventres — ton ventre d'homme solide et ferme, mon ventre doux et bombé de femme —, ton sexe prisonnier. Tu l'aimeras parce qu'il endormira, de sa tiédeur, ton impatience. Je veux que tu t'y arrêtes longtemps, avant de me prendre, que tu t'y *plaises, que tu t'y installes, que tu t'y fasses plus impérieux et plus recueilli, que tu combattes la hâte, la tienne et la mienne, que tu te refuses jusqu'à la dernière limite de nos envies...*

Je ne suis pas une petite Romaine agréable.

S'il te plaît, prends soin de moi, et, s'il le faut, diffère éternellement le moment de me dire que tu m'aimes, et de me le faire, pour mieux m'aimer.

Ce soir, sûr, sûr, je vais encore me branler comme une petite fille en pensant à toi, et demain, je vais t'attendre avec l'affreuse terreur de ne te revoir jamais, ou de te revoir trop vite, et trop mal... C'est que ton fantôme baise si bien... Si tu n'étais pas à la hauteur?

Ou moi? Moi peut-être... Moi sûrement.

Ah! Ce doute que tu m'as collé!
Je me demande si je ne vais pas rappeler mon banal dragueur, pour me voir à mon avantage dans son regard sans nuances...
Et puis... où envoyer encore cette lettre? Auras-tu toujours un ami providentiel pour faire le facteur?
Reviens vite. Donne-moi l'adresse de l'Allemand (Tedesco, ça veut dire « Allemand »), que je le hèle, que je lui décrive l'urgence.

Vite, viens, éblouis-moi ou déçois-moi, qu'on en finisse. Je n'écris plus rien de bon du tout.

F.

Rome encore

Toi,

et comment que ça veut dire « Allemand », Tedesco.
On pourrait même dire « Teuton », ou « Hun ».
Parce que, dans le genre barbare...
L'ami providentiel — comme tu dis —, il a eu large-
ment le temps de retourner à Paris et de revenir ici
m'apporter ta délicieuse lettre de petite branleuse.
Quelle histoire, déjà, que la NÔTRE !

Donc, le Teuton me coince ici — parce que, son
pognon, il veut et ne veut pas le lâcher, parce qu'il flaire
la bonne affaire et qu'il est bardé aussi de toutes sortes
de méfiances. Ce n'est pas un con. Ce serait trop simple.
C'est un producteur. Un vrai. Qui sait (par exemple)
que dans le cinoche, *oggi*, perdre beaucoup peut rappor-
ter plus (aux rats de son espèce) que gagner un peu.
Alors il est partant. Mais à tant de conditions... S'il ne
s'agissait que du rôle, petit mais obligatoire, pour la
petite conne qu'il saute ces temps-ci, ça ne serait pas
grave. Mais c'est qu'il veut absolument que ça se tourne
en Roumanie. Dans des studios qu'il vient de racheter
là-bas pour une bouchée de pain. Et dans des rues, des

villes de là-bas, des campagnes de là-bas que je n'ai aucune envie de connaître. Et encore moins de filmer. Et il faut — obligatoire ! — que tout soit tourné en anglais. Merci l'Europe ! Alors on passe des journées entières dans son bureau — avec vue sublime sur des toits en tuiles et des clochers à en pleurer d'attendrissement — à griller des cartouches de Rothmans *ultra lights* avec un auteur rital à tête de caissier de banque et un directeur de production qui « chiffre » tout ce que je dis. L'horreur, quoi.

Mais, ce film, je dois le faire.

Alors...

Alors je me cuite à l'asti, à la grappa, je me shoote aux raviolis, aux lasagnes. Et...

Et je pense à toi de plus en plus, à ta ville où j'ai hâte de te connaître enfin, de te faire l'amour en souhaitant « être à la hauteur » de tes fantasmes de branleuse.

Oui, vraiment, quelle drôle d'histoire.

Je sais si peu de toi. Je voulais tenter d'en savoir un peu plus. J'ai fait quinze librairies : aucun roman de toi à Rome. Engueule ton éditeur de ma part. Ils ont du Duras, du Madeleine Chapsal, du Régine Deforges, du Françoise Sagan. Et de toi, rien. Les cons, les monstres !

Et Madame se branle dans son cher fauteuil dans sa (sûrement navrante) ville de province et...

Et quoi ?

Tu l'as deviné bien sûr. Voilà trois nuits que je ne fais plus lit seul. La Romaine, *of course* ! Et une Romaine très très heureuse, il me semble. Car voilà longtemps que je n'avais si gentiment « dormi » avec une dame. Gentiment vraiment. Et si j'osais te parler de certaines « pratiques » dont tu ne sembles pas friande...

Sorry, mon amour, mais je m'étonne moi-même. Tout cela est peut-être dégueulasse. C'est, à coup sûr, insensé. Et assez exquis.

Je te devrai ces très plaisantes vacances romaines. Je te les devrai à toi. Car tout ce qui m'arrive, depuis toi, m'arrive à cause de toi.

Déteste-moi.

Mais aime-moi.

C'est possible ?

Oui, je suis certain que c'est possible.

Sitôt le contrat signé (il faut qu'il le soit !), j'arrive. J'embrasse le doigt — ton doigt — qui te caresse.

Qu'est-ce qui va nous arriver, à ton idée ?

Vendredi

Et comment que cela est possible ! Je veux dire, de te détester ! Pas besoin de m'appliquer très fort. Je ferme les yeux, je pense à la Romaine, et ça y est, c'est parti, je fulmine et je t'abomine. Tu sais quoi ? Tu n'es qu'une pute !

Je t'ai confié maladroitement que j'étais jalouse, et que l'aveu, cependant, t'allait bien au teint. Alors tu crois que tu peux en rajouter...

J'ai froissé ta lettre. Une boule bien serrée, pas plus grosse qu'une petite merde de chien qu'on écrase sur le trottoir. J'ai crispé le poing dessus. Pourquoi tu t'amuses à me mettre en colère ? Pour te faire désirer ?

C'est raté. Archiraté. Cette fois, ça ne marche plus. Ça ne me fait qu'une sorte de chagrin, une boule dans la gorge, dure comme ta lettre froissée au creux de mon poing, et je me sens humiliée.

Tu as des formules odieuses à force d'être narquoises. C'est exprès ?

« Je te devrai ces étonnantes et exquises (et exquises ? Salaud !) vacances romaines. » Ah ! Je pourrais te gifler, pour cette abominable phrase, je pourrais te battre,

49

m'essouffler contre toi jusqu'à perdre haleine, jusqu'à éclater en sanglots, jusqu'à tomber sur ton épaule, malade de tristesse, de rancune et de révolte.

Passe encore que tu lui bouffes la chatte, ça, je m'en branle (et ce n'est pas qu'une façon de parler, et je te signale en passant que je n'y mets pas qu'un doigt, mais les deux mains), mais qu'insidieusement, à cause de cette accumulation de circonstances navrantes, à cause de ce meeting zoologique — un requin friqué qui veut caser sa souris, plus le rat caissier, plus un ou deux rapaces, plus le raton laveur (c'est toi !) —, elle soit arrivée à ses fins, elle se soit incrustée dans ton lit, dans tes nuits, dans tes souvenirs, ça, ça me donne envie de hurler.

Ah ! Tu me devras ces exquises vacances romaines ! Je suis ravie. La prego, signore, non tante grazie !

E' un vero piacere per me regalarle questi bei giorni, queste belle notte con una putana !
Et moi, sais-tu ce que je te devrai ? Non. Je ne te le dirai pas. Tu vas finir par devenir tout à fait insupportable. Tu m'écriras des lettres pour me raconter tes parties de minette avec les agréables autochtones de ton entourage, et je me morfondrai encore en guettant le courrier...
Ça n'aura jamais de fin.

C'est trop con. Tu n'aurais pas relevé mon adresse, tu ne m'aurais pas écrit, tu n'aurais pas insisté pour me revoir... Tiens, même sans aller jusque-là, quand on s'est retrouvés au Lutetia, tu m'aurais bien platement sautée, là, bien ordinairement, ce que je m'en foutais de ton absence, de ton séjour là-bas, de ce que tu y fais... Pourquoi ne m'as-tu pas entraînée dans cette chambre

50

retenue, où nous aurions assassiné dans l'œuf ce qui, depuis, est né, a grandi et grossi si fort que maintenant j'ai mal ? Tu sens que c'est de ta faute ? Je t'en veux affreusement. De cet amour que tu as suscité. De cette attente. De ces rêves. De ces larmes. De cette colère. De cette tendresse...

J'ai défroissé ta lettre. Comme j'ai pu. Pour la mettre avec les autres. Elle n'est pas très fraîche, avec des petites éclaboussures honteuses, tes pattes de mouche ont un peu fondu par endroits, d'autres continuent à se diluer ailleurs. C'est qu'en la lisant, j'ai pleuré de rage, et que maintenant, j'ai du remords de l'avoir malmenée...

Mon cher amour lointain, tu ne m'as pas encore fait beaucoup de bien, mais déjà tant de mal... Alors, c'est que c'est peut-être vraiment grave ?

Je m'arrête pour ce soir parce que j'ai peur.

Et que je ne peux plus écrire sans chialer comme une petite fille.

Et que je dois rentrer préparer ma valise, on s'en va pour un grand week-end dans la famille de Patrick.

On est ici depuis hier. Grande maison avec jolie terrasse entre lacs et montagnes. Je t'ai amené avec moi. Mon passager clandestin. Toutes tes lettres et mon début de réponse de vendredi.

Ne t'étonne pas si j'écris décousu : j'ai un peu trop bu. Je fais quelque chose d'osé. Je suis à quelques mètres d'eux, à peine. Ils sont encore autour de la table. Les bouteilles continuent à circuler. Je suis montée dans notre chambre, j'ai pris du papier, un crayon, je suis redescendue. Je gribouille au soleil, sur un petit guéridon. Ils ont dit : « Ah ! Elle est inspirée » et ont pris des mines entendues. Traduire : « Ne la dérangeons pas ! » Tu vois, ça sert d'être romancière. On peut écrire à qui on veut, quand on veut.

Le petit Charly me regarde drôlement. C'est un petit cousin de Patrick. A peine dix-huit ans et mignon comme tout. Tout à l'heure, on s'est retrouvés tous les deux dans la cuisine pour préparer le plateau de fromages. Tu vois comme c'est romantique. Moi, j'avais déjà sacrifié à toutes sortes de libations familiales. Je me sentais les joues rouges et l'âme guillerette. Je l'ai coincé contre le frigo, ai caressé d'une main furtive (mais précise) l'emplacement prometteur de sa braguette, et lui ai dit dans un éclat de rire : « Tu me le gardes, hein ? » Il bégayait encore : « Quoi, mais quoi ? », que j'étais déjà dehors, mon plateau à la main. Quand il nous a rejoints, j'ai répondu : « Ton pucelage, pardi ! » C'était trop drôle. Ma belle-mère, intriguée et amusée, demandait : « Qu'est-ce qu'ils se racontent ? » Mon beau-frère et Patrick haussaient des épaules dédaigneuses pour dire qu'il ne faut pas accorder d'importance à des propos de femme soûle, et le petit Charles roulait des yeux effarés.

Je suis quand même gonflée. Oui, parce que, après tout, il y a peut-être longtemps qu'il l'a perdu, son pucelage... Enfin, tant pis, je le prendrai même dépucelé, il est si charmant !

J'espère que tu es bien jaloux. Si tu ne l'es pas assez, la prochaine fois, je te raconterai par le menu tout ce que j'envisage de lui faire pour compléter son éducation...

Tu me demandes, adorable salopard, ce qui, à mon idée, va nous arriver. Plusieurs versions possibles, je te les énumère dans l'ordre où elles me viennent :

1°) Patrick, qui sait pourtant que j'ai horreur qu'on lise par-dessus mon épaule, se penche sur ces lignes et s'étonne. « Tiens ! A qui écris-tu "adorable salopard " ? C'est dans ton roman ? » Moi, découverte, à la fois confuse et exaltée, je me lève et m'exclame : « Patrick, tu as tout compris, j'écris à mon amant, qui baise actuellement une Romaine et me fait bien souffrir ! » Mon mari s'effondre, les enfants pleurent, ma belle-mère triomphe : « Je te l'avais dit », Charly est navré...

Cette version semble assez improbable parce que, premièrement, tu n'es pas mon amant (la faute à qui ?) et, *deuxièmement, Patrick s'intéresse beaucoup plus à l'alcool de poire de son père qu'à ce que j'écris.*

2°) J'envoie cette lettre. Tu réponds par retour de courrier. « Ça y est, cette fois, je ne me contente plus de lécher la Romaine, je l'encule aussi, et même sa sœur, avec qui elle vient tous les soirs. On fait des parties triangulaires formidables, c'est grâce à toi, ma chérie, merci. » Moi, folle de rage et de désespoir, je me débrouille pour vous retrouver à Rome, y débarque impromptu en pleine partouze et je vous flingue. Histoire de Paolo trucidé avec sa pétasse Francesca da Rimini, revue et corrigée par une romancière française même pas publiée en Italie (comme ça, ils me connaîtront).

3°) Légère variation de la version précédente : je reçois ta réponse et, au lieu de courir jusqu'à Rome, je téléphone diaboliquement à ta femme. « Ma chère, votre infect mari nous trompe avec des pouffiasses italiennes. Si vous voulez intenter un procès, je suis de tout cœur avec vous. »

4°) Ou bien, tu finis par revenir, on se retrouve enfin, tu écartes impérieusement les deux pans du corsage de soie noire que je n'ai même pas boutonné et... c'est le fiasco total... Cinq minutes après (et encore, on a fait durer les préliminaires), tu penses : « Non, j'ai vraiment bien fait de me payer la Romaine en long, en large et en travers, toujours ça que les Tedeschi n'auront pas. » Je pense : « Et dire que j'ai attendu ça si longtemps. Ah ! Tiens, j'aurais dû faire plus de fauteuil, j'aurais au moins amorti le fantasme ! »

5°) Ou encore, lasse d'attendre, je laisse un mot sur la

table de la cuisine, pour Patrick : « Mon destin m'appelle ailleurs, nous avons eu de beaux moments », et je te tombe dessus à Rome. Tu vires ma rivale, on se fait un vrai « viaggio d'amore », on partage tout, spaghetti, ravioli, lasagne et chianti. Tedesco continue à résister, le séjour s'éternise, je prends vingt kilos, la Romaine au ventre plat revient à la charge, c'est moi que tu vires, je rentre à Bordeaux, pour trouver Patrick en ménage avec la baby-sitter anglaise (comme tu dis, merci l'Europe).

6°) Ou encore...

Non, je crois finalement que tout est beaucoup plus simple. Ce qu'il va advenir de nous, je vais te le dire, du moins en ce qui concerne un avenir très proche. Moi, je vais relire cette lettre, la fermer, la poster (petite promenade digestive en toute innocence jusqu'au village). Ce soir, Patrick, que ses chères montagnes rendent toujours très tendre, me fera doucement l'amour. J'essaierai très fort de t'oublier. J'y arriverai deux secondes par minute. Après, dans le noir, quand je l'entendrai s'endormir, je me dégagerai délicatement de ses bras, parce que ça me fait honte de penser à toi quand je suis contre lui. Je m'éloignerai de quelques centimètres, juste la distance nécessaire pour m'autoriser à des divagations solitaires. Ce sera mes vacances de la journée. Pouvoir enfin rêver à toi longtemps, sans me surveiller, ni surveiller si on ne me surveille pas. Et recommencer à attendre déjà ta réponse. Et imaginer ton visage. Je le perds, je le retrouve, sans rien pouvoir y faire... Certaine grande ride, là, qui barre ta joue... Et le coin de l'œil... comment déjà ? Oublié, enfui... Flou... Non, le voilà... Plutôt coquin. Non, plutôt pensif... Zut, à nouveau évanoui... Et ta bouche, et ton front, et ta haute silhouette, et tout ce que je ne connais pas, que j'essaie d'entrevoir.

Que cette salope consomme à ma place... Rager, pester, donner un coup de pied aux couvertures, faire gémir d'étonnement un Patrick presque plus perspicace quand il dort. Me sentir coupable...

Quant à toi, tu vas recevoir ma lettre juste avant de retrouver la Romaine. Tu n'en seras que plus fougueux. Tu vas la faire jouir et jouir d'elle, en ayant, par éclairs, une pensée émue pour moi. Que la langue vous pèle à tous les deux ! Questa è la mia gettatura !

Et tu vas te dire : « La Bordelaise est mordue... »

Et tu auras raison.

C'est une morsure qui fait mal. Je ne sais pas si je vais tenir encore longtemps. En tout cas, si dans ton prochain courrier tu me reparles de tes nuits romaines, je t'envoie un compte rendu <u>insoutenable</u> de <u>pornographie</u> de mes fantasmes et errances avec le godelureau Charly.

Promis, juré.

F.

P.S. Si tu dois cultiver encore longtemps la Romaine, envoie-moi l'adresse de ton hôtel. Mes cochonneries t'y rejoindront plus vite.

Et je hais et l'hôtel et les Italiens et...

Dieu que notre correspondance est décousue ! Et que
« notre histoire » l'est encore plus. C'est vrai : ça ne
tient pas debout tout ça. Même les pires scénarios
auxquels j'ai collaboré avaient plus de logique. C'est
trop tordu vraiment. Où en sommes-nous ? Moi, à dépé-
rir dans cette ville trop belle, trop historique pour moi, à
m'empâter au sens littéral du mot, à faire des grâces à ce
Tedesco que j'ai envie d'assassiner, à m'alcooliser — les
vermouths, tu connais ? —, à...

Tu ne veux pas que je te parle de ma Romaine, je le
sais. Mais j'ai de plus en plus envie de te raconter tout,
de le raconter à TOI. Pourquoi ? Parce que, avec toi,
précisément avec toi, j'ai besoin d'une totale complicité.
Oui, totale. Avec toi que je connais si peu.

Avec toi dont — tout bien pesé — je déteste les
branleries. Avec toi qui — l'as-tu fait ? — joues les
salopes avec un petit morveux indigne d'elle. C'est quoi
ce Charly ?

Histoire d'être encore plus déprimé, déballé, je l'ima-

57

gine très beau, ton gigolo. Et te sautant comme le font les jeunes lièvres de son espèce. Et toi t'ouvrant le plus possible à lui, le baisant si bien, si fort, si souvent qu'il ne sera bientôt plus que l'ombre de lui-même. Je t'imagine le branlant, le suçant. Avec furie. Oui. Oui. Le traquant dans tous les recoins d'une grande maison et le branlant à mort. Et il n'en meurt pas, cette sale petite crevure !

Pas plus que je ne crève, moi, à l'issue des nuits que me fait passer ma délicieuse petite Ritale de Gemma.

Il faut que tu le saches : son sexe est tout petit. Si petit que, chaque fois, je crois que je ne pourrai pas la pénétrer. Et, hier — à l'heure du thé, un thé à la mangue très bon —, je lui ai fait l'amour de l'autre façon. Ce qui n'est point de mes usages. Mais bon. Elle a le plus mignon petit cul qui se puisse voir. Le plus mignon.

Mais je ne l'aime pas.

Et voilà qu'elle se met à parler de venir à Paris, d'y trouver un job, de…

Elle est adorable. Tu n'existerais pas, je ferais sans doute tout mon possible pour l'aider à le trouver ce job. Et j'en ferais ma maîtresse. Une petite fiancée docile, très tendre, que je pourrais façonner à ma convenance. Une petite amie pour des thés à la mangue. Et sa divine petite mangue toujours à portée de mains, de lèvres. Imagine le « pygmalionnage ».

Le rêve, non ?

Mais…

Mais mardi après-midi (le 21 donc), je serai à Bordeaux. On s'occupe à Paris de m'y retenir une chambre.

Où tu viendras me rejoindre ?

Si c'est oui, ça serait bien que tu sois vêtue exactement comme lors de notre première rencontre au Lutetia.

Et c'est oui. C'est forcément oui.
Sitôt dans ta ville, je te téléphone.

A mardi,
je t'aime, je te veux !

Tu l'auras voulu !...

C'est sous la toile de tente que ça s'est passé... Je te reprends tout dans l'ordre. Dimanche soir, je pars poster ta lettre, enfin, celle que je te destinais. Je dessoûle un peu sur la route du village. Je reviens quand les montagnes s'allument en rose, tout là-haut, et que l'on se sent tout petit, éperdu à la fois d'admiration et d'angoisse devant cette beauté qui vous dépasse, un coucher de soleil sur la neige, et triste aussi, souvent. Parce qu'il y a des choses qu'on ne pourra jamais posséder. Tant mieux, mais moi — un peu ça, un peu d'alcool et les digestions qui déchantent, un peu de penser que tu continuais à t'envoyer en l'air, là-bas, avec une suceuse de spaghetti —, ça me collait un cafard de collégienne.

Quand j'arrive, Patrick m'annonce : « Demain, on part se défoncer sur les bécanes tôt le matin avec André et Paul. » Cueillie net. Je sais ce que cela veux dire. Branlebas de combat à l'aube et je ne les revois pas avant la fin de l'après-midi... Alors soit, branle-bas de combat !

A peine il était parti, je suis descendue dans le jardin. Comme la maison était surpeuplée par la réunion de famille, cet adorable Charly avait eu la riche idée d'y planter sa canadienne...

La fermeture Éclair a fait le même bruit qu'il y a bien des années, dans mon adolescence, au temps des camps de jeunes et des colos. Dans la guitoune aussi la même odeur de champignons, de terre humide, l'odeur des vacances. Il faisait bien tiède là-dessous, et j'avais eu froid en traversant le jardin dans ma chemise de nuit transparente.

Charly dormait en survêtement, empêtré dans un duvet ouvert où il avait dû se débattre. Quand je me suis couchée sur lui, il a d'abord un peu soupiré. Puis soudain, haut-le-corps, paupières élargies sur un regard au bord de l'épouvante, et trois ou quatre questions hagardes du style : « Hein ? Qu'est-ce qu'il y a ? Quelle heure est-il ? Qu'est-ce que tu veux ? » Cette dernière demande était de pure forme, je me trémoussais assez éloquemment sur lui pour lui signifier ce que j'espérais… Sans attendre, d'ailleurs, de réponse superfétatoire, il ajouta, avec toute la réprobation dont la jeunesse (plus puritaine qu'on ne le croit) est capable : « Et Patrick ? »

L'effroi se muait sur son visage, au fur et à mesure qu'il se réveillait, en scandale. (Tiens, je m'aperçois que j'ai oublié de te parler de son visage… Tu as raison, il est très beau. Surtout quand il s'indigne comme ça. Ses traits juvéniles, presque androgynes parfois à force de grâce, y gagnent en virilité. Ah ! J'ai bien fait de l'assombrir d'abord, en venant l'allumer… Ce n'est qu'un peu plus tard que je vais l'éclairer, dans tous les sens du terme, et là encore le spectacle en vaudra, si j'ose dire, la chandelle. Mais attends, que je te narre cela par le menu, que tu mijotes bien… Je te l'avais promis…)

J'ai donc répondu, pour couper court à ses scrupules et à ses leçons de morale : « Patrick, en ce moment, il baise

61

avec son vélo et ça ne dérange personne », tout en continuant à me tortiller sur lui d'une façon éhontée. Il a fait mine de hausser ses sourcils sévères, mine de protester : « Non, écoute... », mine de me repousser, de vagues moulinets de bras sans conviction, mais la partie était perdue d'avance pour lui, et nous le savions tous les deux, parce qu'un barreau monumental lui était venu, et que je m'employais à l'astiquer entre mes cuisses, à travers l'étoffe souple de son jogging et la mousseline quasi inexistante de ma chemise. Il a finalement capitulé, d'une petite voix navrée, en fermant les yeux : « C'est du viol ! Moi je n'y suis pour rien !... » « C'est ça, l'ai-je encouragé, tu n'y es pour rien ! Garde les yeux fermés. Tu n'as qu'à te dire que tu dors encore, et que tu rêves ! »

Il a accepté le jeu d'une mimique plus gourmande que résignée, s'est calé au creux de son coussin avec un petit mouvement très sensuel, une sorte de frisson de plaisir, les épaules remontées aux oreilles, m'a laissé guider ses mains sur mes seins, a murmuré : « Je rêve... »

Ses paumes étaient douces, et ses doigts intelligents... De petites pressions enveloppantes et chaudes, il a fait bander mes seins, a vérifié, de deux pouces symétriques, la dureté du bouton qui les tendait identiquement, à droite et à gauche. Je n'avais plus besoin de bouger sur lui, à présent. C'était lui qui ondulait sous moi, soulevait le bassin à ma rencontre, frottait sa trique contre ma fourche, en nous électrisant tous les deux. On aurait pu voir les étincelles.

J'ai cherché l'élastique de son pantalon, il a tenté de résister, a emprisonné mes mains, a balbutié : « Attends, attends, pas tout de suite... » Moi, je me sentais complètement prête, avec un appétit féroce qui m'ouvrait malgré

62

moi, qui écartait mes jambes, mon sexe, arrondissait au fin fond de ma chatte un vrai gouffre. « Si tu souffles dessus, me dit-il, si tu la regardes, elle explose. » Il avait une petite grimace douloureuse et concentrée, il s'appliquait très fort, se cramponnait très fort, et moi, ça m'a excitée encore bien davantage, de l'imaginer gonflé, survolté, tout palpitant d'une impatience difficilement remédiable. J'ai eu une envie brûlante, dévastatrice, de voir sa queue, de la toucher, de la trouver bouillante, au bord de l'éruption. J'ai lutté pour le déshabiller, et finalement elle a jailli, telle que je l'attendais, très grosse, très obscène parce que décalottée par son désir, fendue profond, luisante dans sa fente ouverte, bien surmenée, d'un carmin verni de bigarreau qui éclate au soleil, et caracolant une danse nerveuse d'animal que le rut affole...

J'ai posé une phalange, une seule, sur la fine cordelette architendue du frein, et, sans appuyer, exactement comme on fait de la musique en caressant le bord d'un verre, j'ai souligné son parcours, de la racine jusqu'au méat qui palpitait, et retour, du trou à la base. Il était légèrement gluant juste ce qu'il fallait pour permettre d'y glisser suavement. Puis je lui ai dit : « Regarde : ta bite est une marionnette et c'est moi qui tiens le fil ! » J'ai levé l'index, et sa queue m'a suivie, magiquement. J'ai baissé le doigt, feint de le toucher à nouveau, la bestiole a obéi, s'est couchée sur son ventre qu'elle barrait d'une belle ampleur. Et je l'ai fait saluer, comme ça, deux ou trois fois. Charly, la nuque soulevée, les traits crispés, suivait le prodige d'une prunelle qui hésitait entre souffrance et bonheur. Je le tenais ainsi, recueilli, plein d'une appréhension grandiose, et c'était son attention passionnée, sa pathétique lutte contre un plaisir trop hâtif qui m'incendiaient. Ah ! ça, oui, j'avais le feu au cul, tu peux me croire, et la tentation infernale, mais si banale, d'enfourcher ce magnifique dard, ce morceau de choix, et de cavaler dessus, et de me ramoner avec, et de me la planter bien loin entre les reins et de jouir en criant très fort...

Mais l'aventure eût été bien trop conventionnelle, et le moment bien moins délectable. Ce que je voulais, c'était le torturer délicieusement, mon petit jeune homme... Qu'il se souvienne de ces minutes comme de quelque chose de rare et de précieux.

Après le doigt ensorcelé, je lui ai proposé : « Et si je te bouffais ? » Il a acquiescé très vite, d'un seul geste du menton, comme on se rend, avec une sorte de honte et l'espoir d'en avoir vite fini... C'est qu'il ne me connaissait pas encore tout à fait. De la pointe de la langue, j'ai refait le voyage qu'avait décrit mon index. En plus long. En plus fouineur. Jusqu'à entrer dans le cratère qui béait comme une petite bouche et coulait salé, jusqu'à aller chatouiller ses couilles rondes et dures qui frémissaient et ondulaient sous mes lèvres, jusqu'à en tirailler les poils entre des incisives précises, mais légères... Et je suis remontée le long du barreau, jusqu'au frein à nouveau. Ça n'avait rien à voir avec la bonne vieille pipe des familles. C'était plutôt le genre narguilé très sophistiqué, tu vois, fin et racé, avec des finitions baroques ici et là... Charly gémissait à présent. Il est même allé jusqu'à dire, sur un ton de martyr en extase : « Oh ! Mon Dieu ! » Je te le jure, je n'invente rien...

Moi, galvanisée par son émerveillement, j'ai peaufiné encore, et sa bite s'est mise à se démener sur une cadence proche de l'hystérie. Alors je l'ai immobilisée d'une main qui, bien que refermée sur elle, en faisait à peine le tour, et j'ai coiffé sa tête brillante de ma bouche entière, arrondie en caverne, en nid, en un asile bien étroit, bien douillet, bien chaud, bien souple, et j'ai commencé à le gober, à descendre lentement sur la colonne, à avaler les centimètres, tout en pompant doucement... Et ma main aussi descendait en tirant sur le fourreau, et le pauvre Charly finissait par perdre carrément les pédales, montait vers moi, visait ma gorge, et soupirait de plus en plus fort. Là, c'était sûr, le foutre n'était pas loin, une petite aspiration de plus et il m'envoyait sa giclette sur la luette. Je sentais une mutinerie formidable agiter ses couilles que je froissais délicatement avec mon autre main, celle qui ne trayait pas le nœud.

Juste avant l'irréparable, j'ai tout lâché, pour changer encore de jeu. Ma victime a manifesté quelque chose qui ressemblait à la fois à du soulagement et de la déception, mais je ne l'ai pas laissée s'abandonner longtemps à la trêve. Il me plaisait d'être diablesse, ce matin-là, en ce minuscule abri où nous étions comme seuls au monde, et dans la pénombre orangée par le soleil qui se levait, j'ai voulu damner Charly...

J'étais toujours sur lui. Je l'ai appelé pour qu'il ouvre ses beaux yeux que l'approche de la volupté avait privés de regard, et j'ai entrepris de m'exhiber. « Tu vas me baiser, Charly, il faut que tu voies où tu vas mettre ta queue, dans quel piège de velours, dans quelle gueule d'animal tu vas la planter, regarde ! »

J'avais reculé sur ses jambes, j'ai écarté les cuisses, séparé ma chatte des deux doigts en V, les doigts de la victoire, tiré sur mon con pour qu'il en sonde la profondeur, et la voracité... Il s'était dressé sur les coudes, et suivait ma chorégraphie d'un œil halluciné. Je me suis branlée bien consciencieusement pour lui, ai entouré, caressé, tiraillé mon bouton, l'ai fait darder entre deux phalanges grivoises, ai agrandi en long, en large, en appuyant ici, et en poussant là, l'accueil moussu et plus que mouillé que je lui réservais, et ma voix, prise à son propre jeu, s'est mise à trembler... Entre la scène que je lui offrais et son visage hypnotisé, à mi-chemin exactement, sa pine battait toujours la mesure, et j'envisageais justement de venir enfin m'y empaler quand soudain, sans crier gare, je veux dire sans sursauter plus haut ni plus dru qu'elle le faisait depuis un bon moment déjà, sans grossir davantage (ça, ça n'était pas possible), sans flamboyer plus vif, elle a éclaté, a juté en je ne sais combien de jets anarchiques encore et encore... ça giclait partout, un geyser à droite, un à gauche, des éclaboussures ici, et là, et plus loin, toute une pluie tiède et translucide, une ondée, une mousson, et mon Charly qui renversait au plafond de toile orange une figure d'ange supplicié, tandis que les gouttes me mouillaient les mains, les cuisses, le ventre... Une larme blanche est tombée dans mes poils, et beaucoup d'autres ont constellé sa jeune poitrine glabre...

Quand le déluge a été fini, Noé a eu une moue réprobatrice de plus pour moi, et a émis cette admirable sentence : « C'est malin ! » Je me sentais un peu coupable, un peu amusée, et très frustrée... J'étais prête à battre ma coulpe, à me justifier, à lui dire un mot gentil, bref, à assumer complètement la responsabilité de cette situation que la fréquentation des hommes mûrs m'a appris à trouver embarrassante. Mais j'oubliais que Charly est ce que tu appelles un jeune lièvre. Ça n'a pas que des inconvénients...

Il s'est assis, m'a enlevé d'un geste nouvellement autoritaire ma chemise qui, glissée ici et troussée là, n'avait plus l'air de rien, m'a invitée à m'allonger, s'est couché sur moi, a remué des épaules, des hanches, des jambes,

66

pour trouver sa place, m'a creusée, séparée, repérée,
investie à la même seconde d'une bite phénix qui, renais-
sant de ses cendres, s'est mise à me combler avec la même
étonnante énergie qu'elle avait manifestée deux minutes
plus tôt à scander la cadence du désir qui montait... Il m'a
sautée, oui, comme un lièvre, comme un petit chien,
tonique et rapide, et joyeux, et puisque j'étais toute per-
suadée du bien-fondé de l'opération, j'ai joui de son
miraculeux zob de jeune homme inépuisable...

Voilà toute l'histoire...

En ce qui me concerne, car pour lui elle n'est peut-être
pas finie, la preuve, ces paroles qu'il m'a dites quand je
l'ai quitté, après une chevauchée bien menée, bien
conclue : « Et si, maintenant, je tombe amoureux de
toi ? » Un petit bisou tendre sur sa bouche un peu enflée
m'a dispensée de répondre. Et il a eu l'air malheureux,
car déjà renseigné.
Tu vois, pas si bête, le godelureau Charly, pas si
indigne que ça de mes attentions.

Pas plus indigne de moi, en tout cas, que ne l'est ta
Romaine de toi, qui te donne son devant, son derrière, ses
nuits, sa tendresse et ses rêves.

J'espère, affreux enculeur transalpin, sodomite de
Latines énamourées, bougre de Ritales romanesques, que
tu es bien là le 21. Et que ma lettre va te crucifier
d'indignation et de jalousie. Et que tu vas cesser de me
raconter les charmes dégueulasses de la Romaine, sous le
prétexte noble de faire de moi ta parfaite complice.
Sinon, je revois Charly, je lui fais et lui donne tout ce à
quoi il a échappé la dernière fois, et par amour de notre
complicité, je t'en concocte un récit plus que fignolé.

P.S. Je veux bien que tu me dises tout, ça me touche, même. Mais j'aimerais mieux, d'abord, que tu me le fasses.

P.P.S. J'hésite à poster cette lettre, parce que je nourris la vaniteuse crainte qu'elle ne te blesse, et cela me fait mal, aussi, dans ce cas-là...

P.P.P.S. Et puis si, zut, tu l'as méritée ! Bien fait si ça te cuit. Je te dirai peut-être un jour que j'ai tout inventé...

J'ai tout inventé. Je t'aime.

La nuit dans cet hôtel
« aux draps qui grattent un peu »

D'abord une évidence : beaucoup plus difficile de t'écrire maintenant.

C'est que nous voilà passés du rêve à la réalité, c'est que cette femme « songée et si follement désirée » est devenue une femme de chair. Et que ta chair est très...

Honnêtement, je ne sais plus où j'en suis avec toi. On va dire que ce que j'écris là, c'est autant pour moi que pour toi que je l'écris, que — sur cette feuille de papier à en-tête prétentiarde et si sottement provinciale —, un type ayant passé trois heures fabuleuses tente de faire le point.

En gros : tout vient de basculer, de prendre un autre sens. En gros : depuis notre rencontre, je continuais à vivre ma vie à ma manière, je continuais à user mon temps et à laisser le temps m'user alors que se déroulait dans mon crâne une sorte de feuilleton. Très très excitant. C'était on ne peut plus exaltant, marrant, cette folle gamberge à propos d'une dame très bien roulée, on ne peut plus bandante et connue, lue par des nuées de lecteurs et mariée, mère de famille...

En gros, toujours en gros, je me suis baladé pendant

des semaines avec l'idée — tonique, ô combien ! — que, dans sa ville, une madame Bovary cent fois moins gourde que la vraie attendait que je lui fasse l'honneur de la sauter.

Et ma Bovary me faisait la grâce de m'écrire que, vraiment, elle en crevait d'envie de se donner à moi, que même elle se branlait en attendant le moment où...

C'était si délectable que je prenais du plaisir à faire durer le plaisir de ne pas prendre du plaisir avec toi.

Souviens-toi de l'épisode « Lutetia » !

J'en étais arrivé — qu'est-ce que j'ai pu penser à ça, à Rome ! — à la conclusion qu'il fallait que cela dure des siècles, que passer à l'acte serait pure connerie de ma part, que, même simplement t'embrasser, te voir nue, risquerait de tout gâcher, de foutre en l'air notre « sublime roman ».

C'est bien simple : hier, quand je me suis retrouvé dans cette chambre plutôt Louis XV, avec sa télé « made in Japan », et la bouteille de bordeaux échantillon sur la table-bureau, j'ai failli craquer. Vrai : j'ai failli dire au larbin de redescendre mon sac de voyage et de me trouver d'urgence un avion pour Paris.

Mais je suis resté dans cette chambre et j'ai bu le vin (pas terrible d'ailleurs) de leur bouteille et regardé je ne sais déjà plus quoi à la télé. En priant le bon Dieu qu'elle se dégonfle au dernier moment, ma Bovary.

Je suis sincère. Je n'avais pas plus envie de toi, il y a six ou sept heures, que de me taper une pute. Ou pire : une de ces femmes — belles, charmantes, bien sous tous rapports — qu'on ne baise que parce que commettre un adultère est un passe-temps, paraît-il, divertissant.

C'est vrai : tu allais frapper à ma porte et... Et quoi ? J'allais faire ce qu'il convenait de faire pour pouvoir ajouter un nom — féminin — de plus à mon catalogue (d'ailleurs bien maigrelet).

Après la Romaine, la Bordelaise ?

Et ensuite ?

Une Berrichonne, une Chinetoque, une Black ?

Je peux le dire — te le dire — maintenant : il aurait suffi de pas grand-chose... un mot de travers, un porte-jarretelles pas à mon goût (en réalité je n'aime aucun porte-jarretelles), une peau pas faite pour mes mains, des seins trop ceci ou trop cela... un rien aurait suffi à me mettre « hors jeu ». Un rien !

Et te voilà. Pas vêtue exactement comme je l'imaginais, le souhaitais. Mais, je l'avoue, aussi désirable que dans mes rêvasseries.

Plus j'y pense et plus je suis forcé de le reconnaître : tu as fait un sans-faute.

Ça a été bien, très bien, merveilleux ! de te tenir comme tu te tenais et de garder les yeux fermés et de ne rien faire, rien dire alors que je te déshabillais.

A croire que tu connaissais mes désirs les plus secrets.

A croire que...

C'était de la comédie, en fait, du cinéma (et du pire encore que certains de mes films), quand je t'écrivais que je t'aimais. C'était de la gamberge et rien d'autre. Mais... maintenant...

Tu as commencé par me donner cette sensation — magnifique et si troublante — que c'était la première fois que je voyais une femme nue. Vraiment totalement nue. Pas une femme. La femme.

Alors... ton corps... le silence... ton sexe...

Il est 5 h 37. Mes mains, cette chambre sentent TOI.

Je crève de rage à l'idée que tu es en ce moment dans le lit d'un mari qui, peut-être, t'a fait l'amour, que peut-être il est en train de caresser ce corps, qui est maintenant à <u>moi</u>.

Ces feuilles, je te les donnerai tout à l'heure. A l'heure de ce petit déjeuner que tu m'as promis de venir prendre avec moi.

Alors : viens. Viens !

P.

Je viens de me sauver d'entre ses bras. Je lui ai raconté n'importe quoi pour partir. Que je devais rentrer, que Patrick me croyait à une soirée, qu'il m'attendait. Ça m'est arrivé des tas de fois, de forger un joli bobard, évasif la plupart du temps, parce que j'aime à me prêter, mais que je préfère me reprendre, me retrouver très vite, et sans trace, libre, seulement égayée, enrichie, parée de ce qu'ils m'ont donné (ou parfois refusé), seulement un peu plus lasse, un peu plus vieille et un peu plus jeune aussi, puisque les frasques, c'est bien connu, ça rajeunit.

Seulement, pour lui, j'ai peaufiné. Donné des détails qu'il ne me demandait pas. Et maintenant j'ai honte, de mes mensonges, de sa crédulité. J'avais la nuit pour moi. J'aurais pu rester, dormir avec lui. J'en avais envie. C'est cette envie qui m'a chassée de son lit...

Je suis arrivée dans son hôtel juste assez amoureuse pour le détester déjà. J'étais prête à le trouver moins séduisant que dans mon souvenir, et bien aussi agaçant qu'il a su l'être, parfois, dans ses lettres. J'étais prête à lui faire payer la Romaine et ses confidences à double tranchant, mi-flatteuses et mi-humiliantes, prête à exiger le

73

plaisir ou à le dédaigner, et j'attendais la déception comme la libération totale, le point final à cette aventure qui, intéressante tant qu'épistolaire, ne manquerait pas de tourner en fiasco à la première tentative de concrétisation.

Il ne m'attendait pas en bas, mais dans sa chambre. J'ai pensé : « C'est un goujat, je le savais déjà. » Et je me suis félicitée de ma tenue, plus sportive que sexy, sans rien qui puisse rappeler nos deux précédentes rencontres. Voilà ! Puni le capricieux, le macho, « je te veux habillée comme ci, comme ça... ». Puni et prévenu. Je n'avais pas envie de lui tendre trop de perches. Chacun son rôle. Si je n'étais plus assez désirable, tant pis pour nous deux ! Mauvaise que j'étais, mauvaise, mauvaise et idiote !

Dans la chambre, la hargne m'a rendue muette. La hargne et peut-être aussi l'appréhension. Il s'est approché. Je me suis entendue hurler silencieusement : « Au secours ! Qu'est-ce que je fiche ici, avec ce type que je ne connais pas ? »

Cinq minutes après, je le connaissais depuis toujours.

Et pourtant, il s'est montré si différent de tout ce que j'avais essayé de prévoir !

Pour me caparaçonner contre la mauvaise surprise et m'entraîner à la désillusion, j'avais envisagé quelques beaux stéréotypes de comportement masculin parmi les plus déplorables, au nombre desquels l'assaut furibard, ou la recherche systématique de raffinements artificiels à pleurer, ou encore...

A quoi bon y revenir ? Je n'avais pas su — ou osé — escompter cette gentillesse, cette simplicité, cette douceur et cette fougue mêlées de sa sensualité. Comme il a dû me trouver passive ! Et nunuche, peut-être !

Moi, la bavarde, la volontiers directive, je suis restée sans mot, presque sans geste, comme on s'abandonne à

74

l'hypnotique caresse des vagues... sauf que ces vagues-là se sont amplifiées, sans précipitation, bien régulièrement, juste à la cadence que j'aime, jusqu'à me baigner complètement, jusqu'à me noyer... Et même pour crier mon naufrage, je n'ai pas eu de voix...

Ah ! sorcier, sorcier qui m'enchanta si fort, qui sut si bien trouver tous les chemins de ma joie, et tous les sésames, et qui ne tenta pas de me retenir... Si savant et si naïf ensemble. Qui m'a donné l'impression d'être sa cent millième maîtresse, et la première...

Je tremble ce matin d'un doute tout neuf, d'une peur nouvelle. J'ai peur de son pouvoir, et je ne sais si je suis tentée d'y succomber... Je dois le retrouver pour le petit déjeuner. J'ignore encore si j'irai. Quoique... quoique je sache déjà très bien que je ne pourrai résister. Mais... si le revoir là, dans deux heures, ça allait tout gâcher ?...

Qu'a-t-il fait de moi ?

Une heure plus tard

Vas-tu me trouver bête si je continue à t'écrire alors
même que je dois te revoir ? Tu sais, c'est dans ma nature
d'écrivain de parler, d'écrire mes sentiments...

Ce petit mot d'écolière, que je te donnerai tout à
l'heure, ou que je poserai pudiquement sur ta table de
nuit, avant de partir, pour te dire que je t'ai menti, que j'en
éprouve du remords, qu'il faut que tu le saches et que tu
me pardonnes.

Personne ne m'attendait, j'aurais pu rester. Mais, seule
dans mon studio, j'ai continué à t'aimer bien fort, tu
sais...

Quand je suis arrivée dans ta chambre, hier soir, je ne
m'étais pas très bien arrangée, exprès — tu liras ça dans
l'autre page, celle que je te donne aussi, pourtant, au
début, elle n'était pas pour toi —, et soudain je me suis
sentie moche, et je m'en suis voulu...

Le miracle de cette nuit, c'est que tu m'as rendue belle.
Tes mains m'ont redessinée, ta bouche m'a parée. Dans la
pénombre j'ai ouvert les yeux et je nous ai vus, resplendis-
sant chacun de la présence de l'autre... J'ai adoré être plus
petite, plus légère, plus jeune, plus mate que toi. J'ai

adoré ton grand corps partout, sur moi, dessous, autour, dedans, précautionneux en même temps qu'autoritaire, et si chaud, si poli, luisant des reflets de la veilleuse. J'ai adoré ta queue sensible et douce, et l'émoi qu'elle a suscité dans mon ventre, dans ma bouche, à simplement coulisser dans le creux de ma main... Le sais-tu, mon cher amour, que toutes les queues ne se valent pas, et que beaucoup ignorent, hélas, l'art d'être suave et rétive à la fois, esclave et maîtresse, obscène avec grâce, farouche avec bonheur ?

Et si je revenais déjeuner avec toi rien que pour elle, serais-tu jaloux ? Serais-tu en colère, comme au rendez-vous du Lutetia ? Maintenant que je la connais ? Qu'on a été présentés ?...

Non, va, je te taquine. Je viendrai aussi pour tes beaux yeux. Et pour les miettes de brioche dans les draps, qui me piqueront partout, et que tu mangeras sur moi... Je reviendrai pour fouiner du museau sous ton bras, et débusquer le parfum âcre et bouleversant de ton aisselle d'homme...

Il y a une heure encore, j'étais navrée d'être si fort amoureuse de toi. Depuis que le jour s'est levé, me voilà toute guillerette.

J'arrive.

As-tu remarqué que je termine ma lettre au feutre ? Aurais-tu séduit en moi jusqu'à ma pudeur ?

et je suis, mon amour, incapable de te dire d'où je t'écris puisque ce train va si vite.

Ce train, oui.

Voici donc une lettre qui a toutes les chances de te rendre furieuse.

Une lettre de « fuyard ».

Je sais, je t'ai dit : « A demain. » Et demain, je serai loin de ta ville (dont je n'aurai vu que les cent mètres de rue qui menaient de « notre » chambre au café à journaux et cigarettes).

Donc, quand cette lettre t'arrivera, tu auras déjà eu largement le temps de maudire le salaud qui...

Je sais.

Je sais que j'aurais dû te téléphoner pour te prévenir que je partais. Ou que, cette lettre, j'aurais dû au moins la laisser à ce type genre clergyman qui joue les mères maquerelles à la réception de l'hôtel.

Tout ce que tu pourras penser, je le sais.

Et je sais aussi et surtout que tout est devenu si fort, si brûlant, si fabuleusement déraisonnable, si délicieusement invivable que je devais filer. Et vite.

Pas pour te fuir toi. Ça non.

Pour — comment dire ? — pour, peut-être, récupérer au moins un peu de celui que j'étais avant cette semaine de totale folie.

D'accord. J'écris mal. C'est zéro question style. Bon. C'est écrit dans un train. Et je suis furieux. Furieux de me sauver comme un gamin pas fichu d'aller jusqu'au bout de quelque chose de fantastique. Furieux à l'idée que je vais sûrement t'offenser. Sûrement aussi te peiner. Furieux — encore plus — à l'idée que nous ne ferons pas l'amour à « notre » heure aujourd'hui.

Ni demain. Ni...

Mais quoi ? Que faire d'autre que couper brusquement les ponts ?

J'enrage de faire ce que je fais. Je n'ai qu'une envie : être nu avec toi nue. Et...

Tu le sais aussi bien que moi, n'est-ce pas ? Tu le sais aussi bien que moi — même si nous n'en avons jamais parlé parce que nous avons tellement mieux à faire ! — que cet épisode bordelais devait fatalement prendre fin.

En fait, te dire même simplement « au revoir », je n'en ai pas eu le courage. Voilà tout.

Dans trop peu de temps, je serai dans ce que je n'ai même plus envie d'appeler « chez moi ». Avec ma femme, car j'ai une femme à laquelle je tiens beaucoup et que — mais oui — j'aime. Avec du travail qui m'attend. Avec le quotidien, tellement désespérément quotidien. Tu m'as, nous nous étions sortis de tout ça. Mais la vie continue, comme on dit.

Connerie ! Connerie parce que la vraie vie, c'est d'être avec une femme comme toi et de savourer avec elle le bonheur, le vrai.

Soyons franc : amoureux, je l'ai déjà été. Et même

plus amoureux que je ne le suis de toi. Mais avec toi, avec toi et ton corps, avec toi et ton... on va dire ton « comportement amoureux », il se passe que...

A quoi bon tenter de définir l'indéfinissable ?

C'est comme si — et tu le sais, ça aussi tu le sais —, avant toi, je n'avais jamais vraiment bandé.

La preuve : je peux t'écrire (j'ai pu te dire à toi) des choses que je n'ai jamais ressenti le besoin de dire à personne, à aucune femme, même aimée.

Je sens, je sais, là, dans ce wagon bien proDret, peuplé d'amorphes cadres dynamiques lisant *Libé* pour s'enca-nailler un brin, je sais que je pourrais écrire mille pages rien que pour chanter les charmes et la gloire de ta chatte !

Et pourquoi non, hein ?

Je te veux toujours ouverte, toujours mouillée. Je te veux toujours plus que nue, comme toi seule sais l'être.

Je te veux toute.

Je te veux et je te fuis.

Connerie. Connerie. Connerie.

Mais quoi faire d'autre ?

Où tout cela peut-il nous mener ?

Nous ne nous le sommes pas dit — ça non plus — mais, je sais que tu le sais aussi bien que moi, notre destin (quel mot !) n'est pas de nous bricoler une vie « d'époux », de tout abandonner pour ne plus faire que vivre une interminable baise. Et quelle !

Il est beaucoup plus vicelard, fou, déconcertant et accablant, notre destin. Nous allons continuer à grappiller d'immenses moments de bonheur. À enrichir nos vies de fabuleuses parenthèses.

C'est ça, non ?

Alors, à quand notre prochaine semaine ?

Ou même seulement journée ?

A quand nos prochaines rencontres — sans vêtements, sans heures, sans plus la moindre décence, la moindre retenue ?

A quand ton sexe pour mes mains, tes lèvres pour mon sexe qui ne savait vraiment pas que ça pouvait être comme ça ?

L'idée qu'il va falloir que « nous nous organisions » me semble tellement petite, miteuse, que je la rejette.

Je crois, je sais qu'il va falloir s'en remettre aux circonstances, au hasard, à la violence de ton, de mon, de nos désirs.

Donc : pas de rendez-vous, pas de date. Simplement : quand tu voudras.

Voilà : tout est dit.

Et pardonne-moi.

Je t'aime.

Non : c'est autre chose qu'aimer. Vraiment autre chose. Et c'est bien plus. Et c'est très effrayant.

Effrayant parce que je me sens possédé, piégé, un peu comme (ne prends pas mes mots au mot, je suis vraiment très paniqué, très malheureux, très déglingué aujourd'hui), un peu comme si l'autre moi-même — que tu as fait naître, révélé — m'entraînait dans un autre univers. Mystérieux. Très. Trop.

Tout cela est incohérent. Ça crève les yeux. Mais je suis perdu, mon amour, complètement perdu.

Et quand je t'écris que, peut-être, je suis moins amoureux de toi que je ne l'ai été d'autres femmes, de certaines autres femmes, c'est pur mensonge.

En réalité, je suis amoureux de toi à en crever. Et

amoureux à en crever pour les pires (et meilleures) raisons.

Comment faire comprendre à une femme que, même ce qu'elle n'aime pas en elle, on l'aime ? Comment faire comprendre à une femme que, même sa sueur, ses odeurs, cette pas très belle cicatrice à la taille, dont elle (la fière provocatrice) a un peu honte... eh bien, on adore ça ?
Comment ?

*Je pars tout à l'heure pour Rome. J'ai attendu vaine-
ment toute la semaine une lettre de toi. J'ai cru que tu
m'avais rayée de ta vie et je t'ai maudit. Et puis, il y a un
quart d'heure, en fouillant mon sac pour trouver ma carte
d'identité et rassembler des papiers nécessaires au départ,
je découvre... ma lettre d'il y a huit jours, fermée, libellée,
timbrée... La timbrée, c'est moi. Je croyais l'avoir jetée
dans la boîte le jour même où je l'ai écrite. Qu'est-ce que
j'ai envoyé à la place, je me le demande... Mais surtout, ce
que je me demande, c'est comment tu as pris mon
silence... J'ai peur que tu ne te sois trompé, peur que tu
aies gambergé, peur que tu m'aies invectivée à mots
silencieux, à pensées haineuses, comme moi quand je te
croyais indifférent à mes mots d'amour.*

*Vite, vite, je t'envoie tout : et la lettre retardée, et ce petit
gribouillon, pour te dire que je n'oublie rien, que je pars
un peu pour te fuir et beaucoup pour te retrouver, qu'il
faut continuer à guetter mon courrier. Je te l'ai promis,
j'écrirai tous les jours.*

Je t'interdis de m'oublier.

Bien longtemps après
(mais je compte en heures...)

Affreux salaud, mon cher amour,

J'ai attendu pour te donner de mes nouvelles un notoire assèchement de mon climat personnel. Auparavant, impossible d'écrire, j'aurais détrempé le papier avant d'avoir gratté trois lignes. Et même encore aujourd'hui, je ne suis pas sûre de tenir le coup, je me mords la langue pour retenir mes larmes.

Ah ! toi qui nous vois, qui nous veux hors du commun, tu aurais eu honte. Une vraie midinette plaquée, une cruche, trop allée à l'eau, et à la fin cassée, et ses débris baignant dans le lac salé des amertumes...

Tu m'as fait un gros, énorme chagrin. Et j'ai cherché, pour en guérir, les remèdes les plus bas, les plus, pardonne-moi, ordinaires. Remèdes pis que le mal, parce que inefficaces et si bas, si ordinaires, qu'ils m'emplissaient de vergogne et de regret et donc me rendaient encore plus triste. Insoluble.

... Quand je me suis pointée à ton hôtel, le jour de ton abjecte désertion, j'ai d'abord rigolé au nez du triste cerbère, en bas, qui m'a annoncé que « le monsieur était parti ». Je t'ai cru en quête de cigarettes ou de magazines,

et je lui ai demandé la clé de ta chambre pour t'y attendre. Non, non, le monsieur était bien parti, pour de bon, pour de vrai, avec sa valise... Pour un peu cette sinistre andouille aurait mimé l'envol avec un geste qui aurait ressemblé à un bras d'honneur... J'ai cru lire dans son regard de larbin solennel une méchante envie de rire et de se moquer... Je t'ai haï à ce moment-là, mais vraiment haï, de tout mon cœur, pour m'imposer ça, cette station stupide, hébétée, avec une bouche de poisson mort et des points d'interrogation plein la tête, plein la poitrine, devant un janissaire hautain qui s'appliquait à une politesse injurieuse : « Non, madame, pas de message... » Il pensait si fort que je l'entendais : « Dépitée, la salope, elle n'aura pas son coup de queue, aujourd'hui... »

Je me suis cramponnée à des hypothèses fumeuses, enferrée dans d'humiliantes suggestions. Non, il ne savait pas si tu étais parti talonné par une quelconque urgence, requis par un courrier...

Il ne savait pas, et d'ailleurs il s'en foutait, ce n'était pas son problème, et surtout pas dans ses attributions, d'expliquer les départs intempestifs. Ça, il ne l'a pas exprimé, si ce n'est d'une moue insupportable de morgue. J'ai tourné les talons à temps, juste comme mon envie de lui foutre mon poing sur la gueule venait de mûrir en plein et devenait irrépressible.

Dans le café où je me suis réfugiée, j'ai commandé quelque chose de fort que j'ai avalé d'un coup, ça m'a chauffée partout à la fois, un peu suffoquée, un peu galvanisée, et j'ai cru que l'électrochoc avait court-circuité la peine, et que ne subsisterait que la rancune. Je t'ai traité de con, et moi aussi pour avoir succombé un peu trop facilement au charme d'un décidément goujat : tu venais brillamment de signer le point d'orgue de toutes tes mufleries.

Ensuite, au fur et à mesure que mes tubulures refroidis-
saient, des doutes ont commencé à m'envahir. Peut-être
que je t'avais déplu, déçu, peut-être avais-je commis une
erreur, quelque chose d'impalpable, et qui, pourtant,
avait tout compromis. J'ai revu tous nos moments, sur-
tout le dernier. Surtout le dernier où tu avais l'air si fou, si
doux, si amoureux, si éperdu... Tu avais l'air... Nouveau
doute. Non, l'erreur ne venait pas de moi. Je n'en avais
commis qu'une, et de taille, celle de croire à ta passion,
pauvre imbécile que j'étais, celle de m'installer aveuglé-
ment au plus douillet, au plus troublant de ce que je
prenais pour ton amour. Parce que, c'était bien visible :
tu t'en tamponnais bien, de moi, de mon avenir, de ma
réaction, de ma solitude. Et tu m'avais laissée, plantée là
sans un mot, comme pour nier, d'un coup, tout ce qui
avait existé entre nous, tout ce à quoi j'avais cru... Tu
m'avais laissée.

C'est là que j'ai commencé à pleurer. D'ailleurs je
pleure encore. C'est là que mon histoire (notre histoire ?
comment faut-il dire ? Rien que l'hésitation entre ces deux
possessifs me fait sangloter, tu vois où j'en suis) a basculé
dans un tragi-comique de convention qui va te faire
dresser les cheveux sur la tête... Car, je vais tout te dire, il
convient que tu saches exactement de quoi tu es respon-
sable. Ce n'est pas le tout de déclarer : « Bon, assez duré,
je m'éparpille, je ne sais plus qui je suis, je plaque tout, je
vais me récupérer ailleurs, rassembler les morceaux,
recompter mes billes... » C'est bien ce que tu m'expliques,
dans ta lettre, non ? Eh bien, mes morceaux à moi, ils
étaient tellement dans le désordre que je n'ai pas pu les
rassembler toute seule, figure-toi.

Moi non plus, je ne savais plus trop bien où j'habitais.
Pourtant, c'est bien chez moi, devant mon domicile

86

conjugal que le taxi m'a déposée. Je suis arrivée en larmes devant Patrick qui préparait sa valise pour un séminaire à la con où il devait se rendre dans l'après-midi et que j'avais complètement oublié.

Je pleurais tellement frénétiquement que je n'arrivais plus à parler. Lui, il me questionnait gentiment, une paire de chaussettes à la main.

Alors, pêle-mêle, toute hoquetante et chamboulée, toute noyée, j'ai raconté... Comme ça me venait, comme ça réussissait à s'arracher de moi, à franchir ma gorge. Un drôle de puzzle. Il a posé sa paire de chaussettes. Ce seul geste m'a navrée d'une sorte d'attendrissement horrible, je regrettais ces aveux, j'avais l'impression d'un cauchemar, d'une fin du monde onirique et gluante. Il m'a prise sur ses genoux. J'aurais eu moins mal s'il m'avait battue. M'a bercée. A cherché à me consoler, avec des mots de papa pour mon désespoir de petite fille...

Plus il était tendre, plus j'étais malheureuse... Et je t'en voulais affreusement. Il me semblait que si tu m'avais confié la veille ton désir de partir, si tu m'avais, ne serait-ce que laissé un petit mot, j'aurais été moins désemparée, moins fragilisée. Mais voilà, voilà : avec ton sale orgueil, ta façon de ne vouloir ressembler à personne, ton égoïsme impulsif et farouche, tu mets ta gloire dans des arrivées et des départs de théâtre, et après tu m'écris : « Notre destin n'est pas de tout abandonner pour nous bricoler une vie d'époux », et tu mets des guillemets bien méprisants à « époux ».

Ah ! Pour ça, non, rassure-toi, la routine conjugale ne sera pas notre lot. Ce n'est pas le mien non plus, remarque, au sein de mon couple légitime, depuis quelques jours, et ça, grâce à toi !

Toi qui m'aimes si fort, qui le prétends, tu n'aurais pas

pour moi les égards et les prévenances et l'indulgence de Patrick. Toi, tu es mon amant, pas mon mari. Tu me combles de somptueux mais fugitifs cadeaux, ton désir, ton application passionnée à satisfaire le mien, que demander de plus ? La romancière Machin se fait baiser par le cinéaste Truc. Quelle chance ! Et, en plus, il l'aime tellement qu'il la fuit, comme dans des romans à elle, ça lui apprendra à cette gourde d'écrire des conneries ! Quel bel amour ! digne d'entrer dans le catalogue des plus célèbres. Mieux que Tristan et Yseut, parce que le champagne de leur rencontre était médiocre mais pas truqué. Plus que Roméo et Juliette, parce qu'ils s'interdisent tout seuls d'aller trop loin (ou trop près, c'est ça qui t'angoisse ?), un peu Francesca da Rimini et Paolo. A cause de l'adultère. Mais rien qu'un peu, parce que nous ne finirons pas embrochés sur l'épée de mon mari, qui est un pacifique, et souffre bien modestement de sa jalousie, sans coup d'éclat, et bien plus héroïquement encore de mon chagrin. Voilà, c'est tout ça que je te donne, en vrac, aujourd'hui, ça te revient, c'est à toi, toute notre tristesse, à lui et à moi, je suis archiconfuse d'avoir craqué, d'avoir parlé, mais c'était plus fort que moi...

Et puis peut-être que je ne me fais pas la même idée que toi de la culpabilité...

Reste que tu me manques cruellement ; tu avais, pendant neuf jours, si fort rempli ma vie, que j'évolue, depuis, dans une sorte de désert. Une maison dont soudain on aurait ôté les meubles, les rideaux, l'âme, et qui résonnerait de toutes ses parois nues à la moindre parole, au moindre bruit. Ce vide immense me rend malade, me donne la nausée. Je ne suis bien nulle part sans toi, je réinvente la banalité « un seul être vous manque », et tous les poncifs du genre... Je te cherche dans la foule, je gomme de mon univers tous ceux qui ne te ressemblent pas, j'accorde un regard plus fiévreux à ceux qui pourraient être toi, de loin... C'est vrai que nous n'avons été, finalement, nulle part ensemble, hormis au lit. Alors j'imagine... Il y a des endroits que ta seule présence transfigurerait. Et puis je rêve. Tu viens me hanter plusieurs fois par nuit. Et c'est étrange, tu es beaucoup plus raisonnable dans mes rêves, beaucoup moins cochon que dans la réalité. C'est dommage. Mais tellement câlin... Et triste aussi...

Mon amour? Es-tu aussi triste que moi? Je n'ose ni le redouter ni l'espérer. Je voudrais à la fois t'épargner et te torturer. T'offrir l'oubli, et le regret...

C'est un coup de fil qui vient d'interrompre ma lettre. J'étais à mon bureau. Patrick m'appelait pour me dire qu'il doit partir à Rome, pour son boulot. Il m'a proposé de m'emmener pour « me changer les idées »... Tu vois comme c'est ironique, la vie! Je n'ai même pas osé dire non... J'aurai, là-bas, des journées pour penser à toi, et pour chercher ton fantôme dans la ville. Je t'écrirai tous les jours, j'ai trop peur que tu m'oublies... En attendant, j'envoie déjà ce courrier qui n'est pas fini, que je n'arrive pas à finir. Je sais que, désormais, rien ne finira plus, et qu'en moi, il y a quelque chose ou quelqu'un qui t'aime pour toujours.

Et ça me fait mal.

Rome
A une terrasse, au soleil,
sur une place entre deux fontaines

Voilà. Je suis partie et arrivée. Même pas mis les pieds à l'hôtel. Largué Patrick avec la voiture qui était venue nous attendre, et les valises. Rendez-vous, ce soir… je ne sais même plus où. Dans mon sac, toutes tes lettres. J'ai déjà relu les romaines. Ça me fait drôle d'être ici après toi. Drôle aussi de t'écrire, alors que tu es tout le temps dans ma tête…

Je viens de me disputer avec le serveur. Il avait mis un point d'honneur à répondre en français à ma demande (en italien). « Je comprends très bien le français, madame… » Mais j'ai attendu trop longtemps le verre d'eau qui devait accompagner mon café. Je suis allée le chercher moi-même au bar où l'on m'a signifié qu'il fallait le réclamer au garçon. Alors j'ai lâché mon venin, vilaine garce qui s'est vengée. Le garçon s'est fait engueuler, et, culotté en diable, est venu m'engueuler à mon tour. Les Italiens peuvent être charmants ou odieux. Mais là, il n'a pas eu le dernier mot. Ça m'a fait du bien d'éclater contre quelqu'un. J'espère qu'il comprend le français aussi excellemment qu'il le prétend. A tout hasard, je lui ai fait quelques traductions bien senties.

Les hommes te ressemblent ici. Un truc que je ne t'ai

90

jamais dit me revient subitement à la mémoire. Quand je t'ai vu, aperçu pour la toute première fois (cocktail de ploucs), j'ai été un instant persuadée que tu allais t'adresser à moi avec un accent étranger... Et puis tu es parti et j'ai oublié de m'étonner de ton français absolument dénué d'accent, pour m'étonner de tout le reste.

Je dévisage aussi les femmes. Je cherche celle qui a partagé tes nuits. Je me fais un petit casting privé. Non, pas celle-ci, trop ronde. Pas celle-là, vulgaire. Non, trop petite, trop grande, trop... Ah... En voici une qui... l'allure vive sans rien de sautillant, une frimousse fraîche encore que maquillée, une bouche joliment faite... Celle-ci t'a peut-être sucé, sûrement même, j'en mettrais ma main au feu. J'ai la tentation de me lever, de la suivre, d'appeler « Gemma ! ». Ah ! la voir se retourner, l'attraper par la tignasse, la traiter de salope, lire l'épouvante dans son regard effaré, lui dire : « Parle-moi de lui... »

J'irai tout à l'heure via Venetto. Je scruterai les hôtels — pourquoi n'as-tu jamais écrit sur du papier à en-tête ? —, je choisirai le tien, je me posterai tout près, j'attendrai. Sûr que je vais la voir sortir, Gemma, au bras d'un autre type que toi, avec sa bouche un peu enflée, et sa démarche élastique ! et son cul langoureux...
Je t'écrirai tout de suite : « Celle-là n'avait rien à faire dans ta vie, qui t'a déjà remplacé... »

Hier soir, Patrick m'a prise contre lui. Longuement caressée. J'étais ailleurs, il l'a senti. Avec une ingénuité émouvante, il m'a dit : « Alors, celui-là te baise mieux que moi ? » J'étais navrée de ne savoir répondre, de ne savoir le rassurer, navrée d'hésiter à décider s'il était plus grave de décréter que oui, ou que non, ou que « peut-être, mais ça n'a pas d'importance ». Voilà. C'est encore lui qui a dû me consoler. Histoire de fous... Heureusement (ou malheureusement), il a le génie de la simplicité. Il a éteint la lumière, m'a reprise dans ses bras, dont je m'étais dégagée par loyauté et pudeur, et a murmuré : « Écoute, fais comme si j'étais lui, appelle-moi par son nom, laisse-toi rêver... » L'idée m'a d'abord révoltée, et puis zut, tiens, il avait raison, dans la nuit et le silence, pourquoi ne pas rêver ?

Je me suis ouverte à sa queue comme si c'était la tienne. Mais ouverte, ouverte. A fond, comme tu aimes. Et j'ai tellement fignolé le mirage que j'ai failli t'appeler... J'aurais pu, je suis sûre que Patrick n'en aurait pas pris ombrage. Peut-être même que ça aurait récompensé sa prestation, et sa bonne volonté. Mais j'ai seulement planté mes ongles dans ses épaules, en hurlant mentalement ton nom...

Il faut que vous me pardonniez tous les deux, je bascule dans un vertige où je me sens affreusement coupable de tous les côtés... Mais aussi, toi qui me poursuis, puis qui fous le camp... Lui qui te ressuscite à moitié, qui ne s'offusque de rien, qui ne déteste que mes larmes.

Tiens ! J'ai envie de me mettre en quête d'un troisième larron pour dépayser mes affres...

Toi, tu avais de la pluie ici. Moi, je m'alanguis à la tiédeur d'un printemps qui sent fort la fleur d'oranger. Je gribouille d'une caillasse du Forum. Oui, une caillasse, une grosse pierre carrée, trapue, qui me sert de banc. Ce que je me contrefous qu'elle ait vu passer César, ou Néron ! C'est de toi que je voudrais l'entendre parler. Mais tu n'es sûrement pas venu traîner tes guêtres ici. Il y a du monde, et du bruit. Une cacophonie de toutes les langues. Toutes les langues… Je pense à la tienne. Ce qu'elle dit, ce qu'elle fait, le goût qu'elle a. Avant, et après… Bon, ça y est, j'attrape une tristesse, une crampe de mémoire, une envie de toi, un désespoir, une solitude, un regret, un écœurement, une envie de pleurnicher que la vie, c'est mal fichu…

Le temps de redresser la tête pour ravaler mes larmes — simple problème mécanique basé sur la vieille loi de la gravité —, je vois passer pour la troisième fois le même homme — grand, brun, visage agréable, regard quémandeur. Cette fois, il s'est approché, m'a proposé, avec des roucoulements de gorge et un sourire très blanc dans sa figure mate, une promenade guidée du mont Palatin et du Forum. Ah ! Je te hais d'exister ! Tu rends les hommes

93

laids et insipides. Même les plus beaux. Celui-là est très beau. Je lui ai dit que je serais là demain à la même heure. Il faut que je guérisse de ton absence. Il reviendra j'en suis certaine. Je les connais, les Italiens. Tenaces et patients.

Que fais-tu en ce moment ?
Je t'aime si fort que si tu m'avais demandé de t'oublier, j'essayerais. Mais tu ne me l'as pas demandé. Ni le contraire. Voilà le plus douloureux : rien à espérer, rien à attendre de précis. Tu m'as laissée avec cette permission, cette monstrueuse liberté : « quand tu voudras ». Monstrueuse parce que trompeuse. Quand je voudrai, sauf tout le temps, et sauf tout de suite...

Il est tard. J'ai un peu l'impression d'avoir passé la journée avec toi. Ça m'ennuie même de terminer cette lettre, parce que j'aime à t'inventer là, à mes côtés, et que je ne veux pas te dire au revoir. Je vais quand même poster ma lettre. Comme à un autre toi-même. Un faux semblant de toi, qui voudrait avoir de mes nouvelles, et qui ignorerait ce que je fais, ce que je pense, où je suis. Mais c'est une sorte de jeu bête. Le vrai toi, n'est-ce pas celui que je porte partout en moi ?

Toujours Rome. Toujours du soleil
Le lendemain matin

Patrick dort encore. Nous avons eu une soirée mouve-mentée. Il a fallu sortir avec ses collègues de travail et des Italiens de la boîte qui les recevait. C'était le premier soir, difficile de s'y soustraire. Remarque que j'aurais pu, moi. Patrick n'a pas insisté pour que je l'accompagne. Mais j'avais envie de vacances. De vacances de toi. Je voulais un peu voir Rome avec d'autres yeux, et tâcher d'oublier que tu y avais séjourné en pensant à moi. Ça m'a demandé pas mal d'efforts et pas mal de verres. Au moment où j'allais devenir chiante pour de bon, Patrick m'a emmenée. Je tanguais.

Dans le taxi, mon silence soudain l'a inquiété. Il m'a demandé à plusieurs reprises : « Ça va ? » J'hésitais à répondre par l'affirmative. Il a cru à du vague à l'âme, une tristesse gluante d'ivrogne. Je l'ai détrompé : « Non, j'ai juste envie de vomir. » Il a fait stopper la voiture. Il était temps. Je te passe les détails, mais ça m'a fait du bien de finir à pied...

En marchant, en trébuchant, Patrick s'est mis à me parler. En gros, il estimait m'avoir déjà vue gaie, même bien gaie, mais jamais à ce point. Jamais malade comme ça. Il s'est arrêté, m'a pris les bras, m'a regardée intensé-

95

ment. « C'est à cause de lui ? » Je ne répondais pas. « Alors, a-t-il poursuivi, ce que je voudrais savoir, c'est si tu essaies de l'oublier, ou pas. Si tu crois que tu vas y arriver. Si tu penses que tu préférerais être avec lui. Si tu espères finir avec lui. Ou bien s'il faut que j'attende que ça passe. Si je dois attendre, ça va. Je ne demande même pas combien de temps. J'attendrai le temps qu'il faudra. Mais si, au fond de toi, tu sais déjà, tu es déjà décidée, si tu veux me quitter, dis-le tout de suite. »

Voilà, textuel. Et classique.

Ça m'a assise au bord du trottoir. Le problème était posé, net, ovale, hermétique. Un œuf parfait. Finir avec toi ? Pas question. Attendre que ça passe ?

Sûrement pas. Le quitter, lui ? Quelle horreur ! Alors ? Continuer comme ça, à vivre avec l'un, à aimer l'autre, non, à les aimer tous les deux, mais différemment et irrémédiablement... Comment lui dire ! Comment lui dire ! Ah ! l'idiote, la bavarde, la pleurnicharde qui n'avait rien trouvé de mieux à faire que de se précipiter dans les bras de son mari pour se plaindre de son amant ! Que je m'en suis voulu, voulu, atrocement, de ma révélation, de ma franchise, de ma geignarde faiblesse ! Se foutre toute seule dans des draps pareils ! J'aurais aimé revenir en arrière, lui dire que tu n'avais pas tant d'importance que ça, que c'était déjà fini, que j'avais eu un sale coup de blues presque hormonal... Mais le mensonge eût été, là, plus qu'injurieux et si peu crédible...

Nous sommes rentrés doucement. Il faisait bon. Si tu n'avais pas existé, cela aurait été une soirée si suave, une nuit amoureuse et tendre... Ah ! j'ai tout gâché, de ce qui était possible ! Je me suis condamnée à une situation affreuse, à la sincérité, à la culpabilité, à l'hésitation. Pourtant Patrick n'est ni exigeant, ni autoritaire, ni

pressé. Il m'a proposé, le plus naturellement du monde :
« Si je peux faire quelque chose pour t'aider, dis-le-moi...
Si tu veux que je change de boulot, de loisirs, de copains,
d'attitude... » Il a passé en revue tout ce à quoi je n'aurais
même pas pensé. Et sa couleur de cheveux, et le nombre
de nos enfants... Et moi, bouleversée, interdite, qui décli-
nais toutes les offres, et qui protestais : « Non, non, c'est
bien comme ça, tout me va, rien ne me pèse, rien ne
m'ennuie, rien ne me manque... »

Sauf toi.

Mais comment lui dire, comment lui dire que je vous
veux tous les deux tels que vous êtes, que je veux vous
garder, que je ne saurais renoncer ni à vivre avec lui ni à
rêver de toi ?

Je suis une conne, et le seul espoir que je puisse nourrir
à présent, c'est que tu me trouves tellement conne que tu
prennes peur...

Enfin, j'appelle ça de l'espoir mais c'est de la frousse...

                        Le même soir
                Non, le soir du même jour

   Je suis retournée au Forum. J'ai bien fait. Il y était. Je me suis laissé embarquer dans sa promenade guidée. Sa voix et ses mains m'ont bercée, ont endormi ma peine. Il prenait son rôle très au sérieux, mettait, pour me montrer tel détail sur un pilier, tel reste d'inscription sur un fronton, une douceur magique. Ses deux mains à ma nuque, il m'obligeait sans violence à lever la tête, et son doigt tendu pour désigner a frôlé maintes fois dans son envol mon bras nu, ou mon sein, sous la soie de mon corsage...

   Petit à petit, il a d'abord pris mon coude, puis ma taille. Il était souple et enveloppant, chaud, prévenant. Il sentait bon. Il m'a quittée en me baisant la main. Il n'a voulu pour tout paiement, que la promesse de le retrouver demain au Capitole. A son côté, je ne t'ai pas oublié une seconde, mais j'ai été saisie d'une immense envie de faire l'amour... Mais presque en dormant, tu vois, comme dans un rêve...

   ... J'écrivais encore plus mal que d'habitude, assise sur un banc, et le vent jouait avec mon papier. Me voilà à l'abri pour poursuivre, une minute encore, notre tête-à-tête.

98

Faire l'amour, disais-je. Avec toi. Comme en dormant.
Couchée dans une flaque de soleil, avec de l'herbe odo-
rante qui me chatouille le cou, et tes mains qui remontent
sous ma jupe, qui trouvent ma culotte, qui la malmènent à
petits coups d'ongle fureteur, de phalange indiscrète... Me
sentir chauffer, gonfler, baver, appeler... Poser ma main
à moi sur ta braguette, la découvrir vivante, et pleine, et
dure. Te dire : « Viens. » T'ouvrir les jambes, les bras,
t'ouvrir tout, le chemin de mon corps, de mon ventre, de
mon cul, de mes rêves, de mon amour. Tu glisses en moi,
sans à-coups, sans hésitation. Ta queue m'emplit. Je veux
qu'elle ressorte pour savourer son recul, je veux qu'elle
revienne, je suis perdue sans elle, et qu'elle reparte encore,
et qu'elle revienne, longtemps et amplement, et qu'elle me
lime comme ça des heures pendant que je deviens de plus
en plus profonde, et affolée, jusqu'à ce que je monte à ta
rencontre avec la fièvre partout dans mon ventre et dans
mes reins, jusqu'à ce que je te dise que je t'aime...

Je t'aime.

Je retrouve Patrick dans une heure.

Et je t'aime.

M'écris-tu en ce moment ? Je vais rester sans nouvelles
de toi pendant une semaine. C'est long.

Courrier de Cannes, une nuit

Mon amour,

D'abord, il faut que tu comprennes bien que si je te dis : mon amour — c'est que tu es vraiment mon amour, que je t'aime comme jamais je n'ai aimé personne.

Mais ça veut dire quoi « aimer » ?

J'en suis à me poser cette question. Car il se passe en moi, dans ma tête, de drôles, de terribles choses depuis que je te connais, depuis, surtout, ces jours si stupéfiants pour moi que nous avons passés ensemble à Bordeaux.

Comment te dire, t'expliquer ? Avant toi, tout était, sinon simple, du moins à peu près clair. Il y avait la vie, avec ses joies, ses peines, ses embrouilles, sa part de tout-venant et ses mystères. Mais c'était la vie, quoi !

Maintenant je suis comme « possédé ». Je pense à toi à chaque instant, j'ai à chaque instant envie, furieusement envie, d'être avec toi, de t'étreindre, de te sentir contre moi, d'être « en amour », « en plaisir » avec toi.

Pas de vivre avec toi. Voilà le paradoxe, la folie de mon désir (ou amour) : je n'ai aucunement envie que tu deviennes mon épouse — ou quoi que ce soit du même genre. Je n'ai aucune envie de m'installer avec toi dans ce qui ressemblerait de près ou de loin à une vie de

100

couple avec la routine, les habitudes, avec tout ce que fatalement ça engendre. J'ai en fait et — hélas ! — très précisément envie de toi comme d'une putain (mais oui !) que j'adore et dont je ne puis me passer, mais qui doit rester une étrangère, sur laquelle je n'ai aucun droit.

Il faut, il me faut absolument, que tout soit comme c'est, que tu sois mariée à un autre, que je sois marié à une autre et que jamais notre relation cesse d'être une aventure.

Donc, en réalité, tout est bien comme ça.

Mais ça me rend dingue que ce soit comme ça.

Là, par exemple, il est 4 heures du matin et je me suis réveillé en sursaut en t'appelant. Je te jure que je t'ai appelée en surgissant brusquement de mon sommeil.

Et rien, ni cinq cigarettes fumées d'affilée ni tous les raisonnements, ne peut m'empêcher d'être comme fou. Alors je t'écris.

Je t'écris d'une chambre d'hôtel — somptueuse — à Cannes où — mais tu devais t'en douter — je suis au Festival. Pas pour y jouer les gloutons optiques et encore moins les fêtards. Pour y rencontrer des gens dont j'ai absolument besoin pour monter mon film. Oui : cette histoire que je t'ai contée à Bordeaux, ce fameux soir où...

Je suis là, mon amour, pour trouver les millions qui me manquent. Là pour tenter une fois de plus de faire fléchir le Tedesco romain. Pour tenter de « vamper » un type d'ailleurs très sympathique avec qui j'ai fait hier soir une orgie de fruits de mer. Un monsieur Honoré Bongenre. Je te jure que c'est son vrai nom. C'est un Canadien. Un tout-puissant magnat de la télé de là-bas. Qui a assez de dollars pour racheter la ville de Cannes si ça lui chante.

C'est le côté ridicule de mon job à moi : je suis là pour jouer les Schéhérazade, pour raconter des histoires à des monsieur Bongenre et tenter de leur arracher de quoi tourner un film. Dérisoire et humiliant, non ?

Ce n'était absolument pas dans mes idées, de faire — une fois de plus ! — ce pèlerinage dans cette ville dont je n'aime rien, pas même son soleil quand il y en a.

Mais qu'est-ce qui était dans mes idées, au fait ? Depuis mon départ précipité de ta ville où tout fut si prodigieux, je me sens comme un homme « en cavale ». Et...

Je vais me recoucher. Tenter de dormir.

Je suis mal. Très mal.

Je t'aime.

Le lendemain

Pas de papier à lettres sous la main. Rien que ce bristol pour un « cocktail cinéma danois » auquel je n'irai pas.

J'ai fini par sombrer dans le sommeil en pensant (rêvant ?) que tu étais avec moi, allongée, contre moi. Allongée — ouverte. Et l'angoisse qui m'avait fait me lever comme un dingue et aller fumer je ne sais combien de cigarettes dans une salle de bains en marbre rose, l'angoisse s'est évanouie. Tu étais avec moi. Tu avais les jambes écartées — comme elles me plaisent tes jambes ! — et ton sexe était ouvert. Et je ne faisais que te caresser. Longtemps. Longtemps.

Et — vraiment — cette odeur à toi, âcre (d'œillet ?), m'a soûlé.

Merci, toi, pour cette songerie.

Ce qui est dément et troublant, c'est que — depuis toi — c'est comme si je découvrais l'amour. L'amour total.

Bon Dieu ! Même à toi, je ne pourrai jamais faire comprendre ce qui se passe dans ma tête, dans mon corps depuis toi.

Où es-tu en ce moment ? A écrire dans ton bureau

(dont j'aimerais énormément avoir une photo, penses-y), dans votre lit conjugal avec cet être que je veux toujours ignorer (mais quand même !) qui est ton mari.

Moi, je suis à la terrasse du Carlton. Entouré de tant d'Américains qu'on se croirait à Miami Beach. Je viens d'avaler trois crèmes. Je viens aussi de voir un film.

8 h 30 du matin — *Lune froide*, le premier long métrage d'un comédien qui a joué un tout petit rôle dans un de mes premiers films : Patrick Bouchitey. C'est tiré de deux nouvelles de Bukowski, le petit copieur du grand Henry Miller. C'est un film excellent, drôle, féroce et provocant, un « movie-road » à la française, comme ils disent. Avec une séquence qui choque beaucoup ici mais qui m'a excessivement « troublé ». Les deux héros du film font l'amour à un cadavre volé dans une morgue. Ça pourrait être dégueulasse. Ça ne l'est pas. Le cadavre est trop beau, trop frais, trop chaud encore.

Bref : ce que je me suis dit sur l'instant, c'est que je préférerais te baiser toi morte que de baiser mille autres femmes vivantes.

Mais tu es bien vivante. Mais vivante où à ce moment précis ?

Et peut-être me détestes-tu, peut-être que, pour toi, notre histoire est terminée.

C'est que je n'ai pas de nouvelles et que, comme aucun courrier ne me suivra ici, où je ne sais combien de jours je vais être coincé, je ne saurai rien de toi avant longtemps. C'est terrible.

Comme je voudrais que nous soyons ici ensemble. Mon lit est si vaste.

Maintenant, je vais aller déjeuner avec mon Canadien

104

et deux représentants de cette curieuse espèce de bipèdes que l'on nomme, à Cannes, pendant ce festival de merde, des « acheteurs étrangers ».

A tout à l'heure. Tu me manques.

Après tout, si nous étions « amants » — ayant rompu, toi tes liens, moi les miens —, nous serions ici ensemble et tu viendrais déjeuner avec nous et, le soir, nous irions voir des films au Palais avec les stars. La foule nous verrait gravir les marches. Et tu serais nue sous ta robe du soir et...

Oui. Je sais. Cela fait trois jours que je ne t'écris pas. Mais puisque j'ai décidé de t'expédier en une seule fois ces messages de Cannes, que je rédige comme on jette des bouteilles à la mer, tu ne ressentiras peut-être pas ce « manque ».

Pourquoi pas de courrier ?

Parce que tout a été trop vite. <u>Et trop loin.</u>

Je te dis tout, amour.

Alors...

Mes affaires prennent bonne tournure. Le Canadien aime si fort mon sujet qu'il est partant. Et c'est sérieux. J'ai déjà une ébauche de contrat, rédigée en « canadien ». Du coup, le Rital, ce Tedesco qui m'a tant fait souffrir à Rome, y va d'un solide paquet de lires.

Le film pourrait se tourner en octobre. Et en France ! Avec, peut-être, Carole Laure. Qui serait parfaite pour jouer ma danseuse étoile devenue prof de danse. Elle a le physique qu'il me faut. Et le contact avec elle est très bon. Elle vient d'ailleurs pour la fin du Festival. Ce qui me cloue ici jusqu'au 19. Mais *perchè no* ?

J'ai une famille à nourrir. Et aussi, et c'est le plus important ça, envie de faire ce film et de le faire très bien.

105

Mais tu t'en fous de mes histoires de boutique. Et tu as raison. Et si je gâche de l'encre à te raconter tout ça c'est que…

Bon. Voilà. Sur les centaines de gens — des centaines vraiment — que je croise, retrouve ici quand je viens au Festival, il a fallu que, cette année, il y ait Jenny.

Tu t'en souviens ? Je t'en ai parlé au cours de ce *tea-for-two* que nous avons bu en évoquant certains moments particulièrement intéressants de nos vies amoureuses.

Oui, Jenny c'est cette Anglaise un peu suissesse avec qui j'ai écrit ce scénario que Delon a failli tourner. Ma « branleuse » — comme tu l'as surnommée en riant quand je t'ai conté les étranges intermèdes qui ponctuaient notre collaboration.

Je ne l'avais pas revue depuis six ans.

Sortant de la projection du film (admirable) de Rivette, *La Belle Noiseuse,* je tombe sur elle. Elle, Jenny. Un peu vieillie (elle doit avoir quarante ans) mais exquise dans une robe longue, jaune paille, aussi moulante que robe peut l'être.

Il était l'heure de dîner. Le film m'avait ému, émoustillé même puisqu'il décrit les rapports d'un peintre et de son modèle — nu pendant trois des quatre heures que dure ce (vraiment très beau) film.

Jenny est venue seule à Cannes. Moi aussi. Nous allons donc dîner au restaurant (si bon genre, si réfrigérant) du Martinez. Elle est drôle, elle a tout vu, tout lu. Nous nous amusons beaucoup. Tant pis si ça te fâche, c'est vrai que ce dîner était très plaisant, très revigorant. Après, cigarettes et suite du badinage dans un troquet bruyant de la rue d'Antibes. Non ! Une rue à côté. Peu importe. Ce qui compte, c'est que je me mets à parler de

106

toi, à mettre — pour la première fois — quelqu'un dans la confidence de notre folle histoire à toi et à moi.

Et Jenny, l'adorable (c'est vrai qu'elle l'est), l'adorable Jenny apprécie vivement. Si vivement qu'elle se jette sur l'occasion. C'est tout elle, ça. Elle me propose d'aller dans sa chambre et de « me caresser pour que je puisse penser plus profondément à toi ».

Ce sont ses propres termes. Elle est souvent géniale, Jenny.

Bien sûr, j'ai accepté.

Le temps de régler les consommations, de nous ruer dans l'ascenseur du Gray d'Albion et j'étais dans la chambre de « l'adorable » Jennifer D. Laquelle Jennifer m'invite à me déshabiller alors qu'elle garde sa robe et ses chaussures dorées. Et me voici allongé, et elle me branle, silencieuse, alors que moi je lui raconte Bordeaux, l'hôtel, comment je te déshabille lentement, lentement, comment tu... Tout, je lui raconte. Tout. Et elle ne dit rien, ne manifeste aucun sentiment. Aucun.

Simplement, elle me branle — merveilleusement.

Et c'est formidable.

A la limite du « médical », je l'admets. Car cette si amicale amie a une boîte de Kleenex à portée de main pour m'essuyer bien proprement, bien calmement, lorsque je jouis. Et bien !

Et — je te le jure — je ne pense qu'à toi.

Après m'avoir bien branlé, cette chère et brave Jenny met la télé en marche et sort deux boîtes de Coca du frigo. Et nous parlons cinéma, boulot, pognon...

Bref : rien de plus « convenable » que cet épisode.

Mais — tu le sais puisque je te l'ai raconté — Miss Jenny a ses pratiques, son fonctionnement bien à elle.

Et — pardonne-moi — c'est irrésistible.

Pendant que je bois mon Cola en regardant des gens qui parlent de Cannes à la télé, elle se lève et va dans la salle de bains. Et elle m'appelle.

Pour que je la regarde pisser.

Et c'est très beau à voir. Oui, beau de voir cette blonde si distinguée, si fine, ayant l'air de sortir d'un thé chez lady Di, avec toujours ses chaussures dorées et sa robe de grand couturier retroussée, de la voir pisser les jambes aussi écartées que possible.

Une vraie blonde, Jenny.

Et je la regarde. Et je bande.

Et elle me sourit et, tout en s'essuyant la chatte avec une grâce infinie, elle me reproche de faire ça. Je te jure que c'est vrai. Elle me dit que je devrais avoir honte, que la vue de sa chatte à elle ne devrait me faire aucun effet, que c'est seulement ta chatte à toi qui devrait m'exciter. Elle me dit que je suis un salaud. Un salaud d'homme !

Et elle recouvre son corps avec sa belle robe et vient vers moi et m'empoigne la queue en me murmurant qu'il faut absolument qu'elle me branle encore pour me débarrasser de toute pensée « salope ».

Ça se passe donc dans la salle de bains. Je suis debout. Elle me caresse. Lentement. Puis très fort. Sévèrement, on pourrait dire. En m'adjurant surtout de ne penser qu'à toi.

Et c'est ce qui se passe. C'est à toi que je pense. Qu'à toi. Je m'imagine te pétrissant les seins, les empoignant si fort que tu as mal. Et c'est si brûlant, si terriblement bon que je jouis.

Dans la bouche de Jenny. Que je n'avais même pas vu s'agenouiller.

Et quand elle se relève elle fait sa penaude...

Elle me dit qu'elle espère que « la dame » (toi, donc)

ne lui en voudra pas, qu'elle a fait ça parce qu'elle trouvait dommage de laisser perdre le sperme d'une « bite si décemment indécente ».

Ça m'a fait rire qu'elle dise ça.
Peut-être vas-tu trouver cela horrible.

Suite de ma « confession » cannoise.
C'est l'après-midi. Je sors d'une discussion épuisante à propos de mon film qui, c'est maintenant certain, se tournera en octobre ou novembre.
Je suis à une terrasse au soleil.
J'ai en tête la dernière phrase de ce que je t'ai écrit hier. J'ai écrit (à propos de mes rapports avec Jenny) : « Peut-être vas-tu trouver cela horrible. »
Je n'aurais pas dû écrire ça.
En réalité : je t'interdis de trouver cela horrible.
Oui, mon amour, je veux que tu acceptes tout ce que je fais.
Je veux que tu sois celle qui accepte tout de moi.
Voilà comment je vois maintenant notre histoire.
Je le veux parce que — c'est un exemple, mais bien réel, bien tangible — ce qui se passe avec la charmante Jenny n'attaque aucunement le lien si fort, si démesuré, si fou qui nous unit toi et moi.
Sur ce, je t'embrasse — partout, vraiment partout — et je file. Jenny m'attend. Je vais voir avec elle le film chinois (de Cheng Kaige, un cinéaste du Yunan que j'admire). Nous dînerons ensemble. Et, peut-être, commettrons-nous encore quelques extravagances.
Ce que j'espère très fort.
Et, toi, je t'adore.
Et j'espère, parce que je suis un salaud d'homme, que ni ton mari ni personne ne te donne le moindre plaisir.

Jeudi, 15 h 30

J'ai téléphoné chez toi.

Personne : un répondeur des plus évasifs. Où es-tu ? Dans cette campagne où tu fis (ou ne fis point) l'amour à un jeune con ?

Qu'est-ce que j'avais envie d'entendre ta voix. Même si, pour cause d'époux à proximité, tu m'avais répondu de manière distante.

Pourquoi tu me manques autant ?

Vendredi 17

Beau, très beau temps. Mon Canadien est parti. Mais je reste pour raconter mon sujet à Carole Laure. J'ai bavardé un moment avec Jeanne Moreau. Ai pensé qu'elle serait parfaite dans une adaptation du seul bouquin de toi que j'ai lu.

Ça serait du plus haut comique qu'un jour je fasse un film tiré de ce livre, non ? Tu nous vois « collaborant » ?

Jeanne Moreau est ici pour deux films. Un grec et un russe. J'ai vu le russe hier soir. C'est très esthétique, très chiant. La salle se vidait un peu plus à chaque bobine.

110

Jennifer m'a branlé un peu — pendant la projection. En amie. Puis nous sommes allés manger des spaghetti dans un petit restaurant italien sympathique.

Elle — Jennifer — vit avec un musicien à Londres. Elle travaille à un roman.

Je crois que nous sommes un peu amoureux l'un de l'autre. Mais...

C'est toi que j'aime.

J'ai très envie de te baiser.

Samedi 18

Mon amour, que se passera-t-il lorsque tu liras ce paquet de feuilles que je t'expédierai dès mon retour à Paris ?

Moi, je veux que tu prennes tout ce que je fais très bien, je veux que tu acceptes tous mes écarts.

Mais le veux-tu, toi ?

Que vas-tu penser si je te dis que voilà deux nuits que je dors avec Jenny ? Une dans sa chambre. Une dans la mienne.

Et si j'ajoute que je suis très bien avec elle. Bien momentanément. Bien faute de toi. Mais bien. Mais pourquoi ne pas avouer, ne pas t'avouer à toi, que j'adore être avec elle, que j'adore lui parler, que j'adore la laver, l'habiller le matin. Oui, je choisis ce qu'elle porte. C'est si amusant. Ce matin, je lui ai enfilé moi-même une culotte de soie rouge.

Et j'ai si bien pris mon temps pour le faire que, sitôt passée, elle était toute mouillée, la petite culotte. Si mouillée qu'il a fallu que — une politesse en vaut une autre — je caresse Jenny.

111

Tu n'étais pas là, alors...

Comme son homme (un musicien, Tonny) aime les chattes bien nettes, tout à l'heure, je vais raser Miss Jennifer.

Même qu'elle vient de partir au Monoprix acheter un petit rasoir et du savon à barbe.Tu veux la vérité : ce qui se passe, c'est que le plaisir (assez grand) que je prends avec Jenny devient un plaisir immense parce que je te dis tout.

Avant toi, je n'étais pas du tout comme ça.

Je t'aime.

Et tu le sais.

Dimanche matin

Mission accomplie : le sexe de Jenny avait tout l'air d'un sexe de fillette, une fois terminée l'opération rasage.

Seigneur ! comme elle a de charmantes lèvres. Une petite fleur. Avec sa rosée.

Que je n'ai pu m'empêcher de boire.

Comme j'ai envie de te faire de la peine en te disant cela. Comme je voudrais que cela t'incite à larguer ton enculé d'époux et à venir me rejoindre.

J'ai très envie ce matin de vivre avec toi, envie d'être avec toi, toujours. Envie d'aller dans une foule d'hôtels avec toi. Dans des chambres à un seul lit. Pas trop large.

J'ai envie de faire l'amour. Avec toi.

Je jouis beaucoup ici. Mais jamais en faisant l'amour.

Cette nuit, j'ai failli. Mais Jenny n'a pas voulu que nous commettions cette inconvenance.

Tout cela est grotesque. Nous étions nus à même la

112

moquette, je bandais, elle était toute mouillée. Et elle a dit « inconvenance ».

Et elle s'est rhabillée pour être bien sûre que c'est de toi et non pas d'elle que j'aurais envie pendant qu'elle me donnait du plaisir avec ses mains, sa bouche.

Et, alors que j'allais jouir, je l'ai giflée. Si fort qu'une petite larme a coulé le long de sa joue. Elle est partie maintenant.

Hier, nous avons vu le très surprenant *Van Gogh* de Pialat. Surprenant car son peintre a deux oreilles et il n'est pas fou. Peut-être un peu dépressif. C'est tout. Et j'aime énormément ce film.

Et j'en suis à me dire que mes films a moi ne sont pas si bons qu'ils le pourraient. Que les critiques qui me traitent avec un certain mépris ont peut-être raison.

Je suis un cinéaste très moyen, mon ange.

Et un bizarre amant, non ?

Dans trois heures : avion.

Aurai-je du courrier de toi à Paris ?

Qu'es-tu devenue durant ces dix jours ?

Pourquoi rien qu'un répondeur dans ta maison ?

En partant, Jenny m'a dit : « Aime-la follement, ta dame écrivain. »

Je t'aime follement.

En avion

Je hais les hôtesses qui ne sont plus des geishas attentives mais de très quelconques contractuelles seulement là pour vous empêcher de fumer, ces connasses.

Mais j'aime bien l'avion quand il est dans le bleu absolu, au-delà des nuages.

Mon courrier de Cannes, je ne le relis pas. Qu'il t'arrive tel quel. Plein d'incorrections grammaticales et d'incorrections tout court.

Comment peux-tu accepter tout cela de moi ?

Mais l'acceptes-tu ?

Et où es-tu ?

Que fais-tu ?

Je suis rongé par ton absence et, en même temps, ça me rassure que tu deviennes comme une abstraction.

Si je n'arrive pas à te « localiser », c'est comme si tu n'existais pas.

Peut-être es-tu un rêve après tout.

Mon rêve le plus démentiel.

Comme ça : dans le ciel, je me sens comme détaché de tout ce que je vais retrouver « en bas ».

Mais j'ai besoin de toi. De toi. Terriblement. De toi que je trompe (sans le moindre remords !), de toi dont je ne peux plus me passer. Quand se voit-on ?

Je t'aime.

M'en veux-tu, m'en voudras-tu pour l'épisode Jenny ?

A bientôt. Au plus vite possible. Je t'aime.

Rome, pour le troisième jour

Patrick m'a fait l'amour, hier soir, le plus tendrement possible. Je m'appliquais très fort, mais je n'étais pas avec lui. Ni avec toi, je me le défendais. Ailleurs et nulle part, exilée du moment présent. Le plaisir a fondu sur moi comme à travers une vitre, et, pétard mouillé, m'a juste arraché des larmes de frustration. Patrick est malheureux.

Moi, je me bagarre, le matin. Et, le soir, je suis à bout de force. Le roman que j'écrivais quand je t'ai rencontré s'est mis à évoluer insidieusement en moi. Les êtres et les choses se sont tortillés jusqu'à nous ressembler, jusqu'à devenir notre histoire. A quelques variantes près. Mon héroïne est une femme adultère, qui va sacrifier, pour plaire à son amant, une petite verrue qu'elle a sur le visage. Sacrifice étriqué et sans gloire, à première vue. La verrue, un « molluscum » pour plus d'exactitude, prend la parole pour souligner la ridicule médiocrité de l'offrande, devenue symbole d'un amour de pacotille. Et la bonne femme répond, et entreprend de démontrer que « n'aimer qu'un peu », c'est parfois affreusement difficile, et douloureux...

Je t'enverrai une photocopie de ces pages, parce que c'est notre aventure à nous, du moins ce que j'en ai prémonitoirement entrevu il y a... quelque temps, qui me les a dictées. Je suis cette femme déchirée, qui ne veut pas renoncer à son amour, et ne peut tout lui sacrifier. Cette femme qui s'apprête, comme tu me l'as toi-même demandé, à aimer par intermittence, comme on souffre, spasmodiquement, d'une maladie chronique. Incurable et pas mortelle. Sans espoir de quelconque issue...

Je relis tes lettres et je joue à un jeu. J'essaye de m'imaginer que je ne te connais pas du tout. Qu'un hasard, le caprice d'un éditeur (le mien en serait capable) par exemple, m'a mise en relation épistolaire avec un inconnu. Je m'efforce de gommer, d'oublier tout ce que je sais de toi, pour le découvrir uniquement à travers tes mots, tes phrases, ton écriture... Ah! bien sûr, les données sont faussées, mais, à force de concentration, je me mets à fabriquer un scénario... Les lettres, nos lettres sont d'abord une convention artificielle, puis nous nous prenons au jeu... nous nous rencontrons et... Tout à l'envers. Ça serait drôle. Je sens s'agiter chez l'écrivain que je suis des trames, des schémas, des scènes... c'est la récréation. Comment penser encore à toi en ayant l'air de penser à autre chose... en me donnant le prétexte noble d'inventer une histoire un peu loufoque.

Tu me hantes. Tu m'obsèdes. Je revois Dante, cet après-midi.

Car il s'appelle Dante !

Ce n'est pas ma faute s'il fait chaud et beau à Rome, si tout parle d'amour, si j'ai de la peine et du désarroi, s'il portait une chemise d'un rouge irrésistible. On a marché longtemps. Le vent très doux passait sur nous, et portait par bouffées jusqu'à mes narines les senteurs de Cacharel dont il doit s'arroser. Au bout de deux ou trois heures, il m'a montré une bagnole. Il a dit : « J'ai ma voiture, là.

Où tu veux aller ? » Son bras, sous le mien, avait appri-
voisé mon sein, sa main parfois, rapide, sur ma nuque,
m'avait irradiée jusqu'au bas du dos. Tout en lui m'amol-
lissait, me persuadait. Je me suis souvenue de la via Appia
Antica et de ses amoureux. Derrière chaque tombeau,
chaque monument, un véhicule garé, et un couple à
l'intérieur.

On a fait pareil. Il a basculé mon siège, s'est approché,
tout près, tout près de moi. Il pesait à mon ventre d'un
poids émouvant. Tout s'est déroulé presque sans moi,
j'étais, là encore, absente.

Mais en même temps si bien, si onctueusement aban-
donnée. J'ai suivi exactement ses pacifiques directives, et
son rythme. Sa queue a surgi un instant pour disparaître
aussitôt en moi. J'ai joui longtemps, pleinement, comme
dans un rêve.

Mon cher amour, pardonne-moi. Je te cherche et je te
perds cent mille fois par minute. J'ai un petit moment cru
qu'il te ressemblait. Quand j'ai rouvert les yeux, vous étiez
si différents. Il semblait content, et attendri. Moi, j'étais
engourdie, avec une tiédeur lourde partout dans mon
ventre. Il m'a ramenée à l'hôtel et, tu vois, je plane
encore.

Je résiste à l'envie de dire à Patrick : « Je rentre. »
Je résiste à l'envie de t'appeler. Viendrais-tu ?
Je résiste parce que j'éprouve la curiosité morbide de
savoir jusqu'où ça peut aller, cette mémoire cuisante de
toi, et ce vide... Ça ne t'est jamais arrivé, quand tu étais
petit, de te pincer exprès les doigts dans la porte, et de la
fermer petit à petit, jusqu'à l'intolérable, pour savoir
jusqu'où...

Ce qui est dur, c'est de rester sans nouvelles, sans un
signe, sans rien. Toi qui envisages dans une de tes lettres

d'écrire des livres entiers à ma gloire... Et même que tu es plus précis que ça...

Un roman complet sur une chatte (c'est une idée de toi, je te le rappelle), tu serais capable ? Sur la mienne, s'entend. Ne viens pas me reparler de Gemma. Autrement, je te fais la description au millimètre près de la bite de Dante, et je titre, bien sûr, « Le Paradis ».

Je t'aime bien, étrangement mon amour. Et, je le crains, bien définitivement.

Toi,

Me voici à Paris.

Me voici à lire tes lettres qui — encore une bizarrerie de « notre » destin commun — n'étaient pas dans la pile de courrier qui m'attendait sur mon bureau.

Elles m'attendaient ailleurs. Très précisément là où mon épouse les avait isolées — sur un petit guéridon où traînent à longueur d'année mes livres de chevet (un Céline, un Miller, un Prévert que Prévert m'a offert alors que je le « groupisais » au Flore).

Et je ne les trouve que maintenant. Alors que je t'ai posté hier mon odieux courrier de Cannes.

Et j'apprends — salope — qu'un Dante te baise dans une voiture à Rome. Comme une vulgaire pute. Et aussi que ton mari te baise avec une délicatesse à m'arracher des larmes.

Qu'il t'encule, ce connard !

Que la terre entière te traite comme la putasse que tu es !

Que m'apprendra ta prochaine lettre ? Que tu tapines via Appia ? Que tu as sucé tous les gardes du Vatican ? Que ton Dante te maquereaute ?

119

Je ne suis pas jaloux. Simplement, je suis navré de découvrir que la chatte que j'adore n'est qu'une chatte avide de sexes et de rien d'autre.

Fais-toi bien niquer, va ! Jouis ton content !

Tant pis.

Tant pis : voilà tout ce qui me vient à l'esprit.

Tant pis.

Et ne viens pas me dire que moi aussi...

Ne viens me dire rien.

Ce n'est pas de la jalousie, je le répète.

Ce n'est que de la désillusion à la pensée que tu es une putain et non pas ma putain.

Et n'évoquons point « la paille et la poutre ». Je sais.

Je sais tout ce que tu pourras me dire.

Mais je sais encore plus ce que je veux, ce que je voudrais, ce dont depuis toujours je rêve et que je croyais possible avec toi.

Mais... tant pis.

J'ai assez de travail devant moi, ce film qui — depuis mes rencontres de Cannes — est devenu une réalité, un film à faire, donc des mois de travail à plein temps, des mois de galère (comme disent les jeunots de maintenant) pour arriver à livrer aux populations une copie zéro que la presse descendra peut-être et qui sera peut-être aussi projetée dans des salles vides.

Mais je m'en fous. Ces mois de travail, je veux les vivre à fond, les savourer. Les déguster, m'en repaître d'autant plus et mieux que ce film a des chances d'être mon dernier. Pas parce que je me sens trop vieux, trop « largué ». Parce que le cinéma va mal et que bien des réalisateurs de ma génération — dont des très talentueux, des qui emplissaient les salles — sont obligés de se recycler dans la télé, la pub ou l'inactivité.

Tu sais pourquoi — pour la première fois de ma vie — je pense qu'un film à faire risque d'être le dernier ?

Parce que je pense aussi — et très fort — que l'amour que j'ai pour toi a bien des chances aussi d'être le dernier.

Parce que je t'aime, salope.

Tu me fais horreur. Pire : tu me déçois.

Mais je t'aime.

Je ne l'ai pas dit à ma femme — qui a compris qu'il se passait quelque chose d'important, de grave puisqu'elle a repéré tes lettres et qu'elle les a isolées du reste du courrier. J'ai peut-être eu tort de le dire à l'adorable Jenny.

Mais, merde ! je t'aime et, là, en ce moment, j'ai envie de te tuer.

Je n'ai jamais rien aimé autant que j'aime notre amour.

Mais c'est insupportable.

Il fait chaud. Orageux. Je t'écris du jardin de l'hôtel — sorte de petite cour intérieure avec palmiers et orangers. Il est 19 h 30. J'attends Patrick, nous devons sortir.

Dante voulait me revoir aujourd'hui. J'ai dit non. J'ai passé la journée avec un auteur italien que j'avais rencontré à Bordeaux, à l'occasion du Salon du Livre. Rugarli, tu connais ? Gian Paolo Rugarli. Humour et finesse garantis. Gentillesse aussi. Son dernier livre, Il punto di vista del mostro, *est un vrai petit bijou. Il m'a emmenée à Castelgandolfo, puis dans des collines, vers Frascati. Nous avons mangé dans une auberge blanche, ombragée, avec une jolie vue. A parler avec ce délicieux gentleman, je t'ai oublié, j'ai oublié le vide dont je suis si pleine, depuis notre séparation. Je n'ai pas cherché à savoir s'il me désirait, s'il y pensait seulement. Il sait conférer à sa timidité ce quelque chose de charmant, de troublant, qu'on n'a pas envie de chiffonner. Sa présence m'était comme une eau fraîche sur une brûlure. Et puis, en allant aux toilettes, j'ai assisté, dans le hall, à un conciliabule fiévreux entre un homme, qui venait d'arriver avec une belle voiture, et la réceptionniste. En repassant dans l'autre sens, j'ai revu l'homme, qui accompa-*

122

gnait une femme camouflée derrière des lunettes noires. Il lui tenait le coude, comme à une malade. Ils sont passés devant moi, la femme a évité mon regard, a baissé le visage.

Je les ai suivis des yeux dans l'escalier. Ils se sont pris la main, doigts croisés étroitement. Ils allaient faire l'amour clandestinement. Illégitimement. Dans une chambre de passage. Alors j'ai eu mal de toi.

Et quand je suis revenue à notre table, j'avais envie de pleurer. Gian Paolo a posé sa main sur la mienne. Juste ça...

Je t'en veux d'exister. De gâcher des moments qui pourraient être si agréables. Je t'en veux, et je t'en remercie. Penser à toi, c'est une douleur si joyeuse.

Vacances en pays de nostalgie. Soleil cuisant de mes regrets. Évasion en plein souvenir. Feu d'artifice d'espoir et d'épouvante. Paysages infiniment grandioses, infiniment variés. D'une minute à l'autre, je me sens séparée de toi à tout jamais, ton départ, ton silence, cette absolue absence de nouvelles, c'est ta mort, ton inexistence, la négation totale de ce qui aurait pu exister entre nous, puis cette cuisson que je berce en moi, ce trou, ce néant qui t'appelle et qui se souvient, ce mal cher, c'est ta résurrection, le signe évident que tu vis quelque part, que ton cœur bat, que je t'aime, où que tu sois, pour toujours. La souffrance devient exaltation, j'exulte de t'avoir connu et de _savoir_, à présent, que tu existes. Et de ne plus pouvoir l'oublier. Tu m'habites.

Peu à peu, je te fais une place. J'allais dire « raisonnable ». Tu vas avoir la nausée, mon cher fou, mon cher passionné. Et pourtant, c'est bien le terme. Ma raison veut bien se compromettre à connaître les raisons de mon cœur, veut bien transiger. Me souffle des patiences et des leçons d'espérance. Dilate ma vie aux dimensions qu'elle devra prendre, si notre histoire est faite pour durer. Je saurai, je le jure, tout tenir, tout garder, de ce qui m'est si précieux. T'aimer follement, c'est-à-dire juste assez trop.

Et préserver le reste.

Voici Patrick, qui me cherche, en regardant en l'air, comme si j'allais tomber d'une branche. Ah ! tiens, c'est bien parce que je t'aime que je te le dis : je l'aime.

L'orage a éclaté cette nuit. La porte du balcon était ouverte, il a plu jusque dans la chambre. J'étais bien. J'avais l'impression d'avoir trouvé le juste équilibre... Penser à toi ne m'était plus une souffrance, rien qu'un bonheur. Comme un enfant qui habite une femme. Elle a l'impression qu'elle le tient là au chaud pour l'éternité, qu'elle jouit de sa présence têtue et exigeante, et que, désormais, elle est deux.

Patrick m'a trouvée douce et détendue, m'a crue disponible. En fait, je l'étais, pour cette partie de moi-même, bizarre, qui vit en dehors de toi. C'est cette partie-là qui a fait l'amour avec lui, tandis que l'averse giflait le parquet, au pied du lit.

Ce matin, j'ai renoncé à chercher ton fantôme dans cette ville que nous ne connaissons pas ensemble. Je me suis seulement mise à attendre le retour, et le courrier dans ma boîte aux lettres, avec une patience heureuse.

Tu as eu raison de partir. Tu pourras ainsi revenir. Je refuse de penser que la boîte sera vide, que tu m'as peut-être oubliée, peut-être rayée de ton existence. Je refuse de m'inquiéter, parce que tu auras peut-être cherché à me joindre sans me trouver, parce que tu te seras peut-être interrogé, ou résigné à ma disparition... Quelque part, tu respires en ce moment, et tu penses à moi. Ça me suffit pour l'instant.

Une petite brume tiède et un peu poisseuse « encotonne », en ce moment où je t'écris, la grosse silhouette trapue du château Saint-Ange. Je vais quitter mon banc et marcher le long du Tibre, en rêvant à toi. Je reverrai certains de nos instants. Je m'arrêterai alors pour m'adonner aux délices d'un émoi mitigé de honte, un petit frisson glacé et torride de plaisir me fera hausser les épaules, sourire seule. On me regardera sans te voir, toi, nu et bandant, juste au-dessus de moi, menaçant, prometteur, superbe...

Rome, sixième jour

Nous rentrons ce soir. Le départ a été avancé de quinze heures.

Patrick était navré, et moi ravie. Hier, j'ai mis mon projet à exécution : pensé à toi en marchant. Puis en m'asseyant encore. Un petit square mignon, avec des coins d'herbe grands comme des mouchoirs. Pas trop sales, pour une fois. Je me suis couchée, un air doux soulevait ma jupe. Je me suis appliquée très fort à t'appeler, à te créer. Tu m'as bien dit que tu détestais mes branleries ? Navrée de te déplaire. Moi, ça m'a plutôt réjouie, d'autant plus qu'un type m'a vue, j'en suis sûre. Cette tête, ces yeux qu'il m'a faits quand je suis partie ! J'ai éclaté de rire et il m'a suivie.

Heureusement qu'il y a des taxis... Cher amour, je te gribouille ce mot à une terrasse, avant de faire deux ou trois courses d'usage. Il faut bien que je rapporte quelque chose à mes adorables petits...

Pourvu que tu m'aies écrit ! Ça va m'être dur d'attendre demain, pour aller chercher le courrier à mon bureau.

Je t'aime et je t'espère.

Ça valait le coup d'attendre ! Toute cette ferveur, cette impatience, cette patience, ça valait le coup. Adieu, veaux, vaches... Cochon !

Non, je ne vais pas te parler de toi, oser me comparer à toi, ça non ! Tu te voues déjà un culte assez fanatique, il me semble. Qui es-tu à la fin, pour édifier, régler, commander, ordonner ? Fais ci, et ça, habille-toi comme ci, comme ça, viens, pars, ne fais pas ce que je fais, sois digne de moi, et j'en passe, et des plus monstrueuses.

D'abord tu me plaques. « Démerde-toi avec tes souvenirs, on se reverra bien un de ces jours, nous deux c'est super, pas ordinaire du tout, alors, d'accord, on se téléphone, on se fait une petite baise... »

Après, requis par les nobles exigences de ton art, tu vas sacrifier au culte des visionnements-bouffes-starlettes, petites saloperies à la six-quatre-deux dans des chambres de palace. Tout en pensant à moi, en parlant de moi, merci, c'est trop d'honneur. Tu me racontes tout. Il faut que je devienne ton journal de bord. Tu as dit : « Il faut. »

Et quand tu reçois mes lettres — mes lettres d'amour, de chagrin, de détresse, de mal de toi —, tu viens encore

128

gueuler. *Metteur en scène de merde ! La vie n'est pas un cinéma. Je ne suis pas ta créature, ta chose, ta pute. Non, ça, je ne veux pas. J'ai mon mot à dire, peut-être ? Ah ! je te déçois ? Et, bien sûr, tu te fiches de savoir si, moi, je suis déçue.*

Moi, déception pas connaître. Moi, silence, tête baissée, chatte ouverte, ceinture de chasteté bouclée sans toi, cœur malade, fidèle à mourir, béate de partager tes faveurs avec de ravissantes créatures qui pissent devant toi. Fais-toi chier dans la gueule.

Je galvanise ma colère en relisant tes conneries. Ta lettre — un ramassis d'injustes et écœurantes récriminations — tremble dans ma main. Je n'en croyais pas mes yeux. Je n'ai pas tout compris, tout réalisé d'un coup. Je redécouvre, avec un cœur explosif et des dents qui grincent, une monstruosité ici, une saloperie là. « La chatte que j'adore n'est qu'une chatte avide de sexes et de rien d'autre. » Tu n'as rien compris ou tu fais exprès ?

Comment peut-on être aussi con, et d'aussi mauvaise foi ? Ma chatte n'est avide de rien du tout, ne ramène pas tout à cette bestiole un peu bornée, qui fonctionne comme toutes les autres, et n'obéit qu'à ma tête, et caracole souvent loin de mon cœur.

Avide de sexes ! Alors ça te plaît de penser que pour moi tu n'es qu'une queue. Une bonne queue, dont il ne faut pas laisser perdre le précieux jus (la fille d'Albion dixit). Ça semblait te navrer, au début, d'envisager les choses comme ça. Mais, à présent, avoue que ça te plaît. Ah ! C'est toi le banal, l'ordinaire, le trivial, le tellement-macho-que-c'en-est-de-la-provocation. Oui ! C'est bien ! Tu es une bonne queue, et on se demande, t'ayant connu, comment on peut s'adresser ailleurs... Chaque fois que tu me feras l'honneur de claquer des doigts, je me coucherai,

129

jambes écartées. Et quand tu t'en iras, sans un mot, sans rien (ne soyons pas ordinaires !), je porterai le deuil de ta queue.

Je te hais, je te hais. Je te hais quand, pauvrement, connement, tu traites mon mari de connard.

Moi, je me garderais bien de traiter ta femme de quoi que ce soit. Je lui tresserais plutôt une auréole, parce que pour t'avoir supporté, et être encore, malgré tout ce que tu as dû lui faire subir, ta femme, elle doit friser la sainteté (c'est peut-être ce que tu entends, à l'égard de Patrick, par « connard » ?).

Ou elle doit tout simplement t'aimer. Et, quelque part, je me sens plus proche d'elle que de la pisseuse distinguée.

Fais ce que tu veux. Je n'attends plus rien de toi. Je te hais d'amour.

Tu ne réponds pas. Ni insultes ni excuses. Rien d'agres-
sif, rien de tendre, rien. Affreuse caboche butée, ton
silence m'énerve et me dégoûte... La dernière lettre que je
possède de toi est pleine d'injonctions idiotes et dégueu-
lasses : « Qu'il t'encule !... Que la terre entière te traite
comme la putasse que tu es !... Fais-toi bien niquer !...
Jouis ton content ! »

Finalement, heureusement que je t'ai rencontré, ça
manquait à mon expérience, la volupté des injures bien
jetées, bien reçues. Délices des bains de boue. Il paraît
que ça conjure l'arthrite. Alors je soigne mon rhumatisme
de cœur, en ce moment, ma courbature d'amour. Tu
pourras, après lecture du récit qui suit, m'envoyer une
pleine charretée de saloperies. Peut-être, à force, je finirai
par guérir de toi...

Hier matin, le mignon Charly m'a téléphoné. Il était de
passage à Bordeaux pour deux jours. Sa voix m'a fait
plaisir. Je lui ai dit : « C'est gentil de te souvenir de
moi ! » Il a eu un accent comiquement douloureux pour
répondre : « Oh ! je ne fais pas exprès ! » J'ai proposé :
« Je t'invite à déjeuner ? »

« C'est que... je ne suis pas tout seul... » Il était avec un

copain qui venait de faire breveter une invention à laquelle il avait associé Charly. Ils arrivaient à Bordeaux pour essayer de la vendre à un chef d'entreprise. « Qu'à cela ne tienne ! me suis-je écriée, pas mesquine pour un sou. Il n'a qu'à venir aussi... Ce sera plus drôle ! »

Nous nous sommes retrouvés à midi dans un restaurant du centre. Le copain s'appelait François, avait dix-neuf ans, et cultivait avec nonchalance une dégaine de gavroche intello : casquette à carreaux sur ses boucles rousses, visage pâle et régulier, aux clairs yeux rieurs, éphélides partout sur ses joues lisses et son nez parfait. Une frimousse assez loin de ce qu'on pourrait imaginer pour un inventeur, tu vois. Charly, lui, avait un pardessus bleu marine, une écharpe, un attaché-case. Très homme d'affaires. Leur duo m'a fait sourire. Charly m'a présentée assez cérémonieusement, l'autre ouvrait des mirettes étonnées et curieuses. Après deux whiskies bien tassés, j'ai posé ma main gauche sur l'avant-bras de Charly, ma droite sur celui de François, et j'ai gravement déclaré : « C'est pas marrant la vie, mes petits. Figurez-vous que l'homme que j'aime me vante les charmes d'une Anglaise qui lui pisse au nez, et qu'il voudrait m'interdire la moindre repartie ! »

J'ai senti à l'œil bleu de François, à son sourcil asymétrique, qu'il s'interrogeait sur mon degré d'ébriété. Charly, lui, affichait une incrédulité mi-amusée, mi-scandalisée. Cet adorable naïf s'imaginait visiblement que je parlais de Patrick. Je n'ai pas dissipé le malentendu. J'ai juste hoché solennellement la tête, avec une mine tristement renseignée...

Au dessert, la conversation avait fini par prendre un tour amical et détendu, un peu dolent cependant. François m'a dit : « Charly m'a raconté que vous écrivez des livres... » Il me dévisageait avec une sorte de candeur sereine. J'ai eu envie de le surprendre encore : « Et il vous a raconté ce que nous avons fait sous la tente ? » Il n'a hésité qu'un quart de seconde, et puis il a répondu, tranquillement : « Oui. » J'ai évité de regarder Charly, je ne voulais pas qu'il se sente gêné. Je me suis levée, je les ai invités à me suivre.

Dans la rue, je me suis accrochée à leurs bras. Ils se lançaient des coups d'œil interrogateurs par-dessus ma tête. Nous n'étions pas loin de l'hôtel. Cinq minutes plus tard, j'ai reconnu le larbin solennel de la réception. Celui qui m'avait barré la route de ta chambre, ce si vilain jour, avec quelques mots froids et sa grimace de cerbère méprisant. Je lui ai demandé la même chambre. La même. Je n'en aurais pas voulu une autre. Elle était libre, mais il y avait un effroi glacé dans le regard du pingouin. Il a objecté : « Vous êtes trois ? » J'ai dit : « Non, deux. » J'ai montré François : « Monsieur nous accompagne seulement. » À regret, il a donné la clé, comme si ça lui arrachait les tripes... J'avais tellement joui de la tête du bignole endimanché que j'avais oublié mes deux compagnons. J'ai redécouvert leur visage sur le seuil de notre gîte. Ils n'avaient plus l'air si enfantin, soudain. Sur les traits de Charly passait une sorte de victoire orgueilleuse, il avait, pour François, des mouvements de paupière qui signifiaient : « Tu vois, je te l'avais dit... Et attends ! Tu n'as pas tout vu ! »

L'autre était aux aguets, ses narines pâles, élargies, palpitaient d'un frémissement imperceptible.

Je suis entrée la première. Le lit fermé m'a fait mal, l'ordre de la pièce, son odeur de vieille poussière mal conjurée par les désinfectants. J'ai arraché le dessus de lit, ouvert les draps, boxé les oreillers. J'ai proposé : « On fume une cigarette ? » Je voulais l'odeur du tabac blond entre ces murs oublieux, l'air plus dense et plus bleu, habité de volutes, trompeusement attiédi.

Je te cherchais avec désespoir. J'ai allumé la salle de bains, froissé les serviettes, tiré absurdement la chasse d'eau. Le bruit de la vie, et son désordre, et sa chaleur, rien n'existait vraiment dans cette tombe d'où nous étions partis, toi et moi.

Charly et François, piqués près de la porte, suivaient mes aller et retour, sans un geste. Ils attendaient un mot, un signal, et n'osaient interrompre la cérémonie de ma mise en scène, où ils ont dû percevoir quelque chose de tragique...

J'ai jeté ma veste, laissé tomber ma jupe, fait passer mon chemisier à peine déboutonné par-dessus ma tête, et je me suis échouée au pied du lit. Ils étaient toujours immobiles. J'ai appelé Charly. Il est venu près de moi. J'avais un porte-jarretelles et des bas. Tu as horreur de ça. J'ai décidé à cette seconde que tu cessais d'exister. J'ai attrapé Charly par sa cravate de petit businessman, l'ai forcé à se pencher vers moi. Sa bouche un peu enflée était toujours aussi tentante, il sentait bon, il était lisse et doux, avec une coupe de cheveux très soignée. Je voyais de tout près la double arabesque de ses narines joliment dessinées, et la minuscule fossette de son menton, et le duvet velouté qui ombrageait sa lèvre supérieure. J'ai embrassé sa joue d'homme-enfant, ai cherché son oreille parfumée, lui ai murmuré : « Invite ton copain. Fais les présentations... » Sa bouche respirait mon cou, à petites saccades gourmandes. Son bras avait glissé sous ma taille, déjà son autre main était à mon genou, caressait mon bas, malmenait une jarretelle. Il a répété, à voix lente et embarrassée, comme on parle en rêvant : « Présentations ? », puis il

134

s'est souvenu de son compagnon, a relevé la tête, l'a hélé d'un mouvement de menton. François s'est approché, accroupi à mes pieds. Charly délirait dans mes cheveux, sur un ton presque plaintif : « Je voulais lui montrer comme tu es belle, comme tu es excitante. » J'ai dit : « Montre-lui », et j'ai fermé les yeux, suis devenue, sous ses doigts, molle et passive comme une poupée.

J'ai senti la pression chaude d'une de ses paumes entre mes cuisses. Il m'écartait. Ma chair obéissait, aveugle et sans initiative. Il est venu, d'une seule phalange, sous le rebord de ma culotte, à un endroit précis qui était presque, presque le centre de mon corps, qui est tout de suite devenu le centre de mon corps. L'étoffe souple a accompagné sa quête, l'a favorisée, il m'a dévoilée d'un doigt léger, comme on expose au visiteur la pureté d'un bijou, la grâce d'une aquarelle. Il ne parlait pas, ne bougeait plus, gardait à peine le contact comme ça, du bout de l'index me frôlant suavement, il ne pesait pas plus qu'un papillon, j'attendais le battement de son aile, l'envol de son désir, son butinage plus impérieux, qui m'élargirait davantage, me saccagerait un peu, ouvrirait, pour les yeux de l'autre, mon sexe comme un écrin... A force d'attente et de recueillement, j'ai perdu mes repères et ma sagacité. Ai basculé dans un vertige qui abolissait la sensation, comme si mon fourré avait été envahi brusquement de fourmis... Je ne savais plus où était son doigt, s'il bougeait, où s'arrêtait le tissu de ma culotte, si j'étais encore fermée ou entrouverte, ou béante, s'il ne touchait toujours que le bord de ma fente, s'il s'amusait à la redessiner sensuellement, ou si, déjà, il avait investi la chair plus tendre, plus gonflée, le petit bourgeon fou d'impatience. J'ignorais si la brûlure paralysante que je ressentais, je la devais à sa caresse, à son immobilité, à leur regard en moi...

J'ai remué alors, pour retrouver une conscience plus claire de ma géographie, et de sa présence. D'abord doucement, en soulevant le bassin, et je l'ai senti là, sur mon bouton, en plein. Et, sitôt éblouie, je le reperdais déjà, il se refusait à la caresse, à l'offre et à la demande de la caresse. J'ai encore remué, de droite à gauche, et plus vite, plus fort, plus lentement, chaque fois trouvant son doigt ici et là dans mon sexe, plus près du con, encore plus près, puis plus loin, puis ailleurs, absent, disparu, caché, malicieux, je l'ai poursuivi et appelé de tortillements et de sémaphores de plus en plus lascifs. Son visage était encore dans mon cou, son souffle me traversait l'épaule, courait sous mes cheveux, coulait dans mon dos, jusqu'à mes fesses, qu'il soulevait comme une mer. Il me mordait à petites morsures légères de ses lèvres inoffensives, il frottait sa joue douce à ma clavicule, ses mèches parfumées chatouillaient le dessous de mon oreille. Il n'a pas relevé la tête, pour murmurer : « Tu vois, moi aussi, j'ai un doigt magicien... »

J'ai souri sans ouvrir les yeux... j'ai demandé : « Et François ? », comme j'aurais demandé : « Ça va, là-bas, au bout de moi, au bout du lit ? Ça se passe bien ? » Comme j'aurais dit aussi : « Et François, qu'en pense-t-il ? A-t-il lui aussi un doigt magicien ? » Ou bien encore : « Et François ? Tu l'oublies ? Tu le mets à la porte de nos souvenirs ? »

Alors tout de suite, à mes hanches, j'ai senti qu'on tirait sur ma culotte. J'ai soulevé les reins, me suis refermée juste pour permettre le déshabillage, puis rouverte vraiment, bien à fond. François m'a attirée à lui, installée à l'extrême bord du lit, il était à genoux entre mes pieds, de sa présence, de son attitude, j'avais une nette conscience soudain, et je me plaisais à imaginer, dans l'ombre chatoyante de mes paupières closes, son visage égaré. Il s'agitait, il devait se déshabiller. Charly a saisi ma main droite qui gisait, morte, quelque part sur les draps, l'a posée sur ma chatte, et a ordonné : « Montre-lui, à lui aussi, comme sous la tente. Le piège de velours. Montre-lui... » J'ai obéi avec une volupté, un bonheur absolument dépouillés de honte ou de scrupule. Pour François, comme je l'avais fait pour Charly, je me suis exhibée, tiraillée, distendue, j'ai préparé le chemin de son plaisir avec d'abord un doigt, puis deux, et mon autre main est venue seconder la première, je me branlais à gauche, me pénétrais à droite, j'entrais, je sortais, chaque fois plus mouillée et plus large, mon ventre était chaud dedans, moelleux et tendre, avec des parois élastiques qui palpitaient. La taille nue de François a glissé entre mes cuisses, il a posé contre moi le bout rond et têtu de sa bite. J'ai résisté à l'envie torride qui m'aurait propulsée à sa rencontre, me l'aurait fait avaler à la seconde même.

J'ai juste dansé un peu du bassin autour de lui, Charly s'est éloigné de moi pour se déshabiller aussi. Il bandait depuis le début contre mon flanc, je l'ai entrevu le temps d'un battement de cils, qui se dressait, affolé, tout près de ma bouche, sa voix était devenue rauque, comme pour une prière terrible, il m'a dit : « Suce-moi comme là-bas, je n'ai pensé qu'à ça depuis... » Je l'ai pris dans ma bouche, tout brûlant et battant, il scandait ses coups de reins avec cette plainte fervente : « Pensé qu'à ça, qu'à ça, qu'à ça... » Et là encore, j'ai basculé dans un tourbillon fabuleux, je me suis mise à tournoyer, à perdre la tête, le sens du haut, du bas, du goût, du toucher... Où était ma bouche, où était mon sexe ? Que faisait Charly, et François ? Lequel avait cette queue de soie sur ma langue, presque dans ma gorge, non, entre mes reins, lequel

137

pilonnait les bords fous de mon con, à toucher mon cul par l'intérieur, à le branler de va-et-vient longs et larges et ronds, lequel faisait des huit entre mes cuisses, creusait sa place géante dans ma chatte, écrasait ses couilles contre mes fesses, non, sur mes lèvres ?... Et quelles lèvres ?... Par où je suçais ? Par où je pompais ? Par où j'allais éclater d'abord ?...

Là-bas, très loin, tout près, François haletait, se déhanchait entre mes genoux, sa charge avait un élan furieux, joyeux, dément. J'ai finalement ouvert les yeux pour le voir, pour voir son joli visage torturé de plaisir, et j'ai trouvé ses prunelles dilatées, son regard perdu, halluciné, et, à l'extrême frontière, à l'ultime seconde, il m'a demandé dans une convulsion de tout son être : « Je peux jouir dedans ? » C'était gentil, enfantin, si charmant, c'est ce mot de presque gosse qui m'a eue, qui m'a fait décoller, j'ai tété Charly comme jamais en jouissant de la trique de son copain, ils m'ont aspergée ensemble, ils ont crié tous les deux, il n'y a que moi, que moi que ça a fait pleurer...

Charly est retombé à mon côté, François ne s'est pas retiré tout de suite, il ne débandait pas, il s'est inquiété pour moi : « C'était bien ? Je reste un peu ? Je bouge encore ? »

Je ne savais plus parler, j'ai juste fait signe que non, qu'il pouvait s'en aller. Après ils ont eu des exclamations affolées, parce qu'il était 14 h 45, et qu'ils avaient rendez-vous à 15 heures. J'ai entendu cliqueter des boucles de ceintures, petit bruit métallique un peu moqueur, si sec... Ils sont partis plus que vite, je suis restée toute seule sur les draps chiffonnés. J'ai enfin pu hoqueter mon soûl, me tordre sur ce lit que je venais de profaner, sangloter mon chagrin, ma désespérance affreuse, mon mal de toi et, comme si tu venais de me quitter à l'instant même, j'ai pleuré longtemps, longtemps...

138

Pourquoi, pourquoi es-tu si loin ? Pourquoi la place que tu as laissée, le vide, le trou, l'abîme, personne ne peut les peupler, pourquoi, au milieu d'eux si bandants, si gentils, me suis-je sentie soudain si abominablement abandonnée ?

Tu m'as mutilée.

Mon amour,

Faisons la paix. Ne plus penser à toi m'est impossible.
Et m'y appliquer me prend mes forces. Il manque une
dimension à ma vie si je m'empêche de te rêver.
Écris-moi encore que tu m'aimes. Reviens me voir. Je
serai pour toi ce que tu veux que je sois. Je m'arrangerai
du reste.
Dire que je suis triste, ça n'a pas de sens. Je me croyais
vide quand tu n'étais pas là. Mais depuis que je me suis
mise en colère, depuis que je t'ai écrit ma dernière lettre,
depuis que je me suis imaginé que j'allais pouvoir te
chasser (te chasser !) de ma vie, de ma tête, de mon cœur,
je résonne l'archicreux.
Et puis, j'ai envie que tu me baises, toi. Rien que toi,
avec tes gestes, tes mots, ta fougue, ta furie, tes lubies.

Écris-moi.
Même pas pour me dire que tu m'aimes.
Rien que pour me dire que tu te souviens de mon nom et
de mon adresse.
Je t'envoie les presque dernières feuilles de mon roman.
Tapées mal et vite sur la machine à écrire qu'on a bien
voulu me prêter à Rome.

140

Je te les dédie. Parce que, finalement, tu verras qu'elles nous ressemblent.

« ... *Et si le plaisir, le seul, le glorieux, le somptueux plaisir, c'était notre façon d'aimer, à nous ? A nous qui n'en avons pas le droit, à nous qui, chacun de notre côté, portons ces chaînes choisies, respectées, incontestées ? As-tu pensé à cela ? Tu t'indignes : "Comme si l'on pouvait n'aimer qu'un peu !", et tu m'engueules parce que je me retiens d'aimer davantage et tu me balances à la figure ma lâche médiocrité qui voudrait échapper aux tortures du sublime.*

« *Dis, et si justement le sublime, c'était de résister ? Si c'était de ne pas épuiser les ressources du possible, de ne pas céder au banal, au quotidien, aux lois simples et décevantes de la vie ? N'as-tu jamais pensé à cette minute passionnante, éternelle, prodigieuse, pendant laquelle l'avion vrombit et concentre en lui tout son élan, toutes ses forces avant l'envol et la traversée ? C'est le plus beau, le plus intense du voyage, cette minute-là. Le parcours décrit ensuite n'est plus rien qu'une routine bien rodée, une attente un peu lasse, un peu désabusée et trop vite monotone. Mais retenir en soi cet amour, cette puissance, ce désir de voler, d'étreindre pour toujours, ou de se faire croire que l'on peut étreindre toujours...*

« *Oui, mon amour entravé est un bel oiseau prisonnier, que je garde dans mes mains fragiles mais tenaces, et qui se débat et qui vibre avant de s'élancer... mais je n'en arracherai pas les ailes... Je suis devenue, par mimétisme, comme mon amant qui retient son plaisir pour me combler davantage. J'ai fini par comprendre en lui ce qui*

141

m'avait d'abord intriguée, et presque offusquée : le bonheur d'attendre toujours, l'exaltation de reculer toujours, et de se battre longtemps contre la joie, contre la vie elle-même, contre l'oiseau. Et, au moment où l'oiseau gagne, où il fuse enfin délivré, cette espèce de tristesse qui passe fugitivement sur le visage de l'homme vaincu, l'expression de celui qui s'attendait à la défaite, mais ne sait pas s'y résigner...

« Je me battrai longtemps pour garder l'oiseau vivant, sans l'abîmer, sans le mutiler, sans le brimer trop pour qu'il conserve ses forces vives, la couleur de ses plumes, l'ivresse de son essor, et l'envie du grand large dans son regard trop pur... Peut-être qu'il mourra alors, d'épuisement, de découragement, et d'avoir si fort désiré l'espace et la liberté... Mais je ne l'aurai pas assassiné, pas blessé, j'aurai pesé seulement sur son destin d'oiseau en lui disant : "Reste, reste !" et en fermant mes doigts sur son cœur fou de vent.

« Peut-être aussi qu'il s'envolera, qu'il échappera à ma vigilance et que, d'un coup d'aile plus violent, il franchira la prison de mes mains. Alors, je resterai là, bête et vide, à souffrir, vaincue, triste comme l'homme qui jouit, comme le passager qui découvre, après la fièvre du départ, la terrible lenteur du voyage entamé...

« Mais, quoi qu'il arrive, je me battrai longtemps et je me battrai seule, car c'est MON histoire, c'est MON oiseau, et je n'y veux mêler aucun de ceux que j'aime, aucun de ceux que j'ai le droit, le devoir, le bonheur ou le malheur d'aimer ; j'inclus dans le lot, et tu l'auras compris, celui qui m'inspire ces pages, que j'aime aussi, comme tu me l'as reproché, au point de ne le pas aimer, de ne l'aimer qu'un peu. Pas de mépris, ce n'est pas facile et ce n'est pas joyeux d'aimer un peu, de retenir l'oiseau... »

Un vendredi

Toi,

en fait, c'est « Vous » que je voulais écrire. Et même je voulais ne pas, ne plus jamais t'écrire. Plus jamais.

Ta dernière lettre est là — dans le fouillis de feuilles qui encombre mon bureau. Là et pas ouverte encore. Pas ouverte depuis deux jours. Et je ne veux pas l'ouvrir. Jamais.

Que de jamais !

C'est que, pour moi, c'est fini.

Fini : cette histoire. La nôtre.

Quoi qu'elle contienne, ta lettre, elle me dit que je dois t'écrire. Même si c'est une lettre de rupture, de « cassage », j'en accuse réception et je te dis que c'est impossible que cela continue.

La mort dans l'âme, je te le dis.

Parce que renoncer à toi, à l'amour avec toi, c'est absurde et insupportable.

Mais bon.

Depuis mon retour de Cannes, je m'efforce de ne penser qu'à ce film qui, c'est sûr, se tournera comme je le souhaite, exactement comme je le souhaite et aux dates qui me conviennent. Alors mon temps, tout mon

143

temps n'est qu'à ce film. Lever aux aurores. Thé et première cigarette du jour dans ma cuisine. Quatre, cinq ou six heures d'écriture de scénario. Déjeuner avec mon assistant, le régisseur, des gens de la production. Puis le bureau de la production. Pas aux Champs-Élysées, Dieu soit loué. A deux pas de la place de la Bastille dans un loft plein d'ordinateurs. Ça dure jusqu'à 10-11 heures du soir. Je cours aussi les théâtres, les cafés-théâtres. A Paris. Dans des banlieues où l'on donne des spectacles subventionnés (et presque toujours très chiants). Pour dénicher les comédiens pas archiconnus, déjà usés, dont je rêve. En trois soirs, j'ai avalé une pièce de Shakespeare génialement massacrée par des anciens élèves d'Antoine Vitez et deux machins indigestes de l'aujourd'hui inévitable Thomas Bernhard.

Je sais : tout ce que je t'écris là, tu t'en fous !

Ou ta lettre — qui ne sera pas lue par moi — m'annonce une rupture et tu n'as plus aucune raison de t'intéresser à mes faits et gestes, ou tu m'écris avec amour et c'est d'amour que tu veux que je te parle.

Mais non. L'amour, pour moi, maintenant, ce sont ces apaisants (pas tout à fait, hélas, apaisants) moments de tendresse que j'ai avec ma femme.

Ces moments de plaisir partagé — fraternellement presque — qui disent que « nous vieillirons ensemble ».

Eluard, ce grand poète grand faux-cul, a si bien écrit à ce propos. Eluard que j'ai connu au temps de mes seize ans et qui... Mais de ça aussi tu te fous !

Donc je refais l'amour avec ma femme. Qui est quelqu'un de très important pour moi. Et qui est belle. Peut-être plus que toi — si je m'en tiens à « mes » canons de la beauté. Et qui a un corps qui « épouse » parfaitement le mien.

Voilà. Voilà où j'en suis. Je mène une vie pleine, bien pleine. Alors que tant de cinéastes sont dans le désarroi, je suis, moi, au travail. Et je veux que ce film-là soit mon meilleur. Et...

C'est fini, nous.

Ou tu le sais toi aussi. Et ta lettre me le dit.

Ou je vais, une fois de plus, te faire mal, te décevoir. Mais... Tant pis.

Je ne veux pas, je ne veux surtout pas même faire allusion à la peine, la peine horrible que me coûte cette résolution de ne plus te revoir. Jamais.

P.S. La bague, l'émeraude second Empire, qui va t'arriver, que tu as peut-être déjà reçue, j'ai fait dix antiquaires pour la trouver. J'en aurais fait mille au besoin. Je voulais qu'elle soit belle et mystérieuse. Claire. Comme toi. Tu peux la jeter, la donner à ta femme de ménage. Si tu la portes, elle est pour le petit doigt de ta main gauche. Si le hasard veut que nous nous croisions un jour, détourne les yeux. C'est tout ce que je te demande.

Alors quoi ? Vraiment fâché pour de bon ? Je ne peux pas croire que tu m'aies rayée comme ça de ta vie, de tes pensées.

Enfin, réagis ! Rallume ta colère, ravive ta haine, souviens-toi de la... comment déjà ? pétasse ? putasse ? Je n'ai même pas le cœur à relire ta dernière lettre... Rappelle-toi, quoi, ta rancune. Déteste-moi encore, engueule-moi, insulte-moi, mais ne m'ignore pas.

Ça me fait trop de peine.

De penser que tout, tout ce qu'on a déjà vécu l'un par l'autre, et l'un avec l'autre, ça aboutit à ça : ce dédain, ce silence.

Pardon si je t'ai blessé. Fais-moi l'aumône d'un petit mot, d'une petite lettre. Ou alors, je vais être odieuse. Téléphoner chez toi, te persécuter.

Un remake de Liaison fatale, *ou* Passion fatale *?... Je suis nulle en cinéma. Est-ce ironique ! Enfin, de toute façon, ce n'était pas un bon film, et, crois-moi, mon scénario à moi risque de se révéler encore pire.*

Incroyable mais vrai, depuis que tu boudes, je rêve de ta queue. Alors que je suis si triste. Et quand je sortais de tes bras, ou de tes draps, je rêvais à des choses sentimentales. Bon, les rêves aussi, c'est contrariant.

146

Et je suis contrariée.

Euphémisme géant pour dire que je crève de ton mutisme et de ton absence. Tu vois comme je t'aime : au-delà de toutes mes turpitudes !

Consens à être un petit peu, un tout petit peu humain, condescends à me pardonner — oh ! à peine —, juste ce qu'il faut pour m'honorer encore d'un petit signe.

S'il te plaît.

Je t'aime très, très fort.

Dix fois, j'ai commencé à composer ton numéro de téléphone. Et puis… non.

Ma <u>dernière</u> lettre manquait-elle de clarté ?

Il faut absolument que ce soit fini, notre histoire. Puisqu'elle est invivable.

Tu me fais promesse d'un éventuel enfer — style *Liaison fatale* (qui n'était pas un si mauvais film que ça).

Tu peux, c'est vrai, me gâcher la vie et surtout gâcher celle de ma femme. Tu peux — ce ne serait pas si difficile, je te fais confiance, je fais confiance à tes talents de romancière — détruire et ma vie et celle de mes proches et, par ricochet, la tienne et celle de tes proches. Mais si tu me déclares la guerre, tu verras comme je suis capable de violence, de cruauté, moi aussi. Bien sûr, que l'enfer est à notre portée.

Un enfer dur, implacable. Dont nous sortirons (mais sort-on de l'enfer ?) déglingués, bousillés, perdus à tout jamais pour l'amour.

Ça équivaudrait à quoi, précisément ?

A changer un enfer pour un autre. Puisque déjà, même merveilleuse, fantastiquement agréable, c'en est un, d'enfer, notre liaison.

148

C'est que, ma belle, mon amour, ma maîtresse et ma putain, c'est que toi dont le corps, la chatte, le cul, les baisers, la fièvre, la fureur, la folie, l'insondable et savoureuse perversité me rendent autre, m'ouvrent des espaces auxquels je n'osais même pas rêver, toi avec qui faire l'amour est vraiment totalement faire l'amour, c'est que toi, si divinement femme et bête sauvage, et tendre et féroce, toi, tu es la compagne que j'ai envie et d'adorer et d'asservir. C'est que je te préférerais morte que faisant l'amour ou même simplement donnant de la tendresse à un autre. C'est que je te voudrais entièrement à moi. Et que...

Je t'adore. Je ne te supporte pas.

Je t'adore. Je te voudrais morte, jamais née.

Je t'adore et ne veux plus te voir.

Tous mes fantasmes de toujours, tu les as réveillés, exaspérés.

Si la fée, la conne de fée des contes de jadis, me disait de faire un souhait, comme tout deviendrait brusquement tout simple, tout clair. Je dirais : je veux lui faire l'amour et qu'elle en crève de plaisir.

Et qu'elle renaisse pour encore lui faire l'amour et qu'elle en crève encore de plaisir.

Et qu'elle renaisse encore.

Elle : toi.

Voilà mon souhait : que tu crèves du plaisir que je te donnerais. Que tu crèves pour les autres et ne sois vivante que pour moi et offerte, ouverte. Esclave, quoi !

Je ne t'aime pas. Voilà la vérité : aimer c'est vouloir le bonheur de l'autre. Je ne veux pas ton bonheur. Je te veux. Je te voudrais. A moi. Entièrement à moi. Qu'à moi. Je ne t'aime pas. Comprends cela. J'ai aimé d'autres femmes. Pas toi. Toi, c'est le désir. Je te désire comme je n'ai jamais rien désiré.

Tout cela, évidemment, me dépasse.

C'est de plus en plus inexplicable.

Alors, je te le redis. C'est, comme tu voudras, un ordre ou une supplique : disparais.

Je te veux trop pour te vouloir un peu. Ou même beaucoup. Comprends, tente de comprendre : ce que je voudrais est impossible.

Enfant, très petit, j'ai eu une petite chienne. Noire. Un cadeau d'un oncle. Je l'avais appelée Évangéline — parce que mon idole d'alors était la si touchante petite fille de *La Case de l'oncle Tom,* mon livre-culte de ces années-là. Cette chienne, j'en étais fou.

Un jour, je l'ai vu lécher la main d'un autre garçon. Et je l'ai tant battue qu'on me l'a retirée. Je me revois la frappant avec ma règle d'écolier. Elle n'aboyait même pas, tant elle était surprise, déconcertée.

Et je pleurais en la frappant.

Elle est repartie chez mon oncle en Bretagne. Pas une fois je n'ai demandé ce qu'elle était devenue. Il faut que tu deviennes morte comme elle.

Ou alors...

Il y a, juste à côté du bureau de la production, dans cette rue donc, un hôtel dont la façade laisse supposer qu'il est sinistre. Le Splendid. Je retiens une chambre pour, disons mardi prochain, toute la journée. Tu viendras dans cette chambre, tu m'y attendras. Nous ferons l'amour. Mais sans un mot, sans une parole. Comme une putain consentant à tout, je te veux.

Je te donnerai mille francs.

Pour faire tout ce que je voudrai de toi et sans une parole !

Si tu es d'accord, tu me le fais savoir, ici, au bureau.

Tu as l'adresse sur ces feuilles.

150

Et ce sera l'hôtel Splendid.

Et peut-être ce sera notre vraiment dernière rencontre.

Et j'ai envie que tu acceptes cette humiliante proposition.

Et j'ai envie aussi que tu ne l'acceptes pas. Je te désire, c'est tout.

Pourquoi mêler des idées d'amour à tout ça qui est tellement plus fort que même les plus exemplaires histoires d'amour ?

Pourquoi ?

*A la réception de ta dernière lettre,
celle qui parle du Splendid*

Pour que je disparaisse vraiment de ta vie, il suffisait de
me nier. De ne jamais ouvrir mes lettres, comme tu le
promettais. De rester sourd à mes prières, à mes menaces.
J'aurais fait quelques piètres tentatives. Pas trop tumul-
tueuses cependant — toujours cette sacrée frousse de te
faire, sinon mal, du moins du mal. J'aurais espéré te
revoir. J'aurais souffert toute seule, pleuré, maudit, haï,
pardonné. Bref, j'aurais été bien bêtement et humaine-
ment et faiblement moi, et me serais étonnée cent fois par
jour : « Mon Dieu, mon Dieu, comme je l'ai aimé,
comme je l'aime encore, comme, mon Dieu, je l'aimerai
toujours ! » Mais pour toi, scénariste tout-puissant,
j'aurais cessé d'exister... Oh ! je ne me plains pas ! Je
jubile... Ce que je voulais si fort, ce que j'appelais de mes
vœux les plus violents s'est réalisé, se réalise à ton corps —
que dis-je — à ton cœur défendant : tu ne peux plus
ignorer que je vis, moi, quelque part à la surface de cette
terre, et tu m'aimes !

Oui, crèves-en de dépit, de révolte, de honte : tu
m'aimes ! Ce n'est pas le désir qui pousse à ouvrir les
lettres qu'on s'était interdites. Ce n'est pas pour y lire dans
la chatte et le cul d'une femme, mais bien dans sa tête,

dans son cœur, dans cette zone fragile, troublante, secrète, précieuse, qui épouvante et qui attire, et dont on convoite les sésames et le règne... Tu m'aimes. Tu gueules, tu vocifères. Tu tapes encore, toujours du pied. Tu exiges, tu réclames, tu te pares de haine, de monstrueux égoïsme, d'odieuse obscénité, pour cacher, renier ton amour. Ah ! mon sale gosse, tyrannique et pas partageur, et si attendrissant... Je n'irai pas au Splendid. Ça non. Et, pour une fois, je ne changerai pas d'avis au dernier moment. Mon amour, mon cher amour, je t'aime aussi, bien au-delà de tout, et surtout de cet amour facile, féroce, que nous nous sommes donné si peu souvent.

Je croyais, sincèrement, je le croyais, pouvoir passer, pour te garder, par tes moindres caprices. Être la petite chienne qu'on adore et qu'on bat, être la putain qu'on paye... Je m'étais plus que résignée. Je mettais ma ferveur à espérer tes propositions, pourvu qu'elles m'arrivent.

Mais non. Non. Tu m'aimes, et je t'aime. Et je renonce à ta flamboyante passion dévastatrice. Non. Même pas dévastatrice. Juste... amoindrissante. Affadissante (le mot existe-t-il). Anesthésiante. Baiser farouche et rétribué, pour oublier que je t'aime... Mais moi, je ne veux pas l'oublier... Je veux porter cet amour en moi fier et douloureux, et reconnu. Cher amour si perdu, si décontenancé. Tu écris : « Je t'aime » et tu rayes. Tu gribouilles par-dessus. Tu corriges : « Je te désire. » C'est à la fin de ta lettre. Ton stylo va plus vite que tes mensonges, que tes pudeurs. Il est plus sincère que toi. Et je me délecte à lire sous tes gribouillons. Cher amour qui affirmes : « J'ai aimé d'autres femmes. » Je ne te crois pas. Tu es tout neuf, tout vierge, puceau de l'amour. Tu as la trouille, tu te caches, tu voudrais biffer tes sentiments comme tes mots trop spontanés sur la page blanche. C'est donc si humi-

153

liant que ça, d'aimer ? Oui, n'est-ce pas ? Être mordu de jalousie — sale bête insidieuse — quand on se rend compte qu'on n'est pas le seul, quand seulement on le redoute. Tu te réfugies, mon cinéaste adoré, dans des rôles tout faits. Prêt-à-porter des relations hommes-femmes. Tu deviens mon bourreau, mon maquereau, mon maître et seigneur, tu me vois en putain parce que ça te rassure. Je ne serai pas ta putain, ni payée ni offerte, pas ta créature, pas ta petite chienne. Et tu m'aimes quand même, sans me posséder, si ce n'est illusoirement, le temps d'une étreinte — si ça doit nous arriver encore. Comme je t'aime, moi. Comme des millions de gens s'aiment, se le disent, se le font et en meurent, et en vivent. Tu recules devant la banalité, elle te fait horreur. C'est que, tout neuf encore, tu n'as encore pas compris que pour tous c'est la même chose, et chaque fois unique. Ma façon à moi de te chercher partout à travers d'autres, oui toute seule, unique. Ma quête de tendresse, même avec d'autres, unique. Ma tristesse, ma colère, ma fureur. Uniques. Comme les tiennes.

Mon amour, tu veux ne garder de moi que la chair. J'y renonce à l'instant. Je ne désire que tes obsessions, ta chaleur, tes rêves, tes meurtrissures, ta joie et ta douleur. Ta vie.

Oh ! bien sûr, si un jour je te vois, au hasard d'une image publique, au bras d'une jolie femme, et radieux, j'aurai mal ! Mais tu es passé dans mes jours, dans mes nuits, tu m'as éblouie et plus jamais je ne verrai les choses et les gens du même regard. Un peu plus ternes, un peu plus sombres. A cause de l'incendie que tu as allumé. En contre-jour, je les verrai tous. Tant pis. Tant mieux. C'était le prix à payer pour te rencontrer, et t'aimer.

Sur ces affreuses mièvreries, sur ces sordides resucées

154

de romans à l'eau de rose, mon amour, je te quitte. Oh ! ne prends pas ombrage du mot ! Disons que je te laisse, momentanément. Il faut du silence, du temps et de l'absence à l'amour. Au Splendid, j'irai toute seule, dans ma tête. Rendez-vous avec un fantasme qui a tout de toi. Ton visage, tes mains, ton corps, ta voix... mais, dans mon rêve, c'est lui la putain, et moi le payeur. Infernal, non ? Tu vois, de t'aimer, ça ne m'empêche pas de caracoler en d'oniriques chemins peu battus.

M'écriras-tu encore ? M'insulteras-tu encore ? Te men-tiras-tu longtemps ?...

Et puis, à quoi ça sert, que je disparaisse, puisque le mal est fait ?

Mon pauvre amour,

Je me sens horriblement coupable. Exactement comme lorsqu'on vient d'avoir un mouvement d'humeur incontrôlé contre un sale adorable gosse, qui vient d'être très chiant, et que la violence a dépassé l'intention, la préméditation. Comme lorsqu'en claquant trop fort la porte, pour protester, on a coincé les doigts du sale gosse dedans, et que, devant sa souffrance, on se trouve soudain odieusement con et impardonnable.

Il faut que je t'aie fait bien mal, pour que tu m'envoies cette lettre que je reçois. Je suis meurtrie de remords, et très sceptique. Tu n'as pas ouvert ma dernière lettre, mais laquelle, bon Dieu ? Il me semble que je t'en ai envoyé au moins trois coup sur coup, sans réponse. Une pour ruer dans les brancards, une pour demander pardon, une pour continuer à m'accrocher à l'espoir que j'existe encore pour toi. Laquelle as-tu lue ? Laquelle as-tu ignorée ? Celle-là, je m'en fiche, je ne la ferme pas. La lira qui voudra, ta femme, si elle veut. Ce n'est pas de la provocation. C'est une piètre malice : au moins tu n'auras pas d'effort à faire pour la décacheter. On te la donnera offerte, comme j'ai pu l'être avec toi (peut-être trop ?) et tu

156

auras peut-être la curiosité de jeter un œil sur ce que n'importe qui aura pu déchiffrer avant toi.

Je ne te ferai pas de grandes phrases. Juste une question : pourquoi tu nous punis, toi et moi ? En quoi le méritons-nous ? Qu'avons-nous fait ?

Je ne me résigne pas à cette rupture. D'abord, ce ne serait pas très flatteur ni pour toi ni pour ce qui venait à peine de commencer entre nous. Un rien, une ébauche, un balbutiement. J'aurais donné — je donnerais — dix ans de ma vie pour que tout continue, et se construise... Pourquoi ? Je l'ignore. Mais là, moi, j'ai l'impression d'un avortement.

Je ne peux pas y croire. Fais ton film. Prends le temps qu'il faut pour avoir encore envie de penser à moi. Mais ne te l'interdis pas. Je ne saurais pas, j'en suis sûre, détourner les yeux si je te rencontrais, l'immense clarté dont mon désir et mon amour t'auréolent m'attireraient comme une pauvre petite créature sans poids ni discernement. Et je me brûlerais.

Et je me suis déjà brûlée, et la brûlure m'était si chère que je hais désormais l'idée d'une tranquille convalescence loin de ta terrible passion.

A quand tu voudras. Ou bien à un de ces jours choisis par le hasard.

C'est impossible que plus jamais.

Additif à cette lettre :

1) Je la cachette.

2) A quand tu voudras, mon cher amour, mais pas comme tu vois les choses au Splendid.

Désormais, je sais que tu m'aimes. Et ça change tout.

Toi,
toi encore.

Ta lettre, la dernière (oublions celles que je n'ai pas ouvertes), ta dernière lettre donc, je viens de la lire. Pour y trouver une réponse à mon « invitation au Splendid ».

A mon invitation pour « une passe ».

Et c'est non, ta réponse.

C'est non !

Je n'ai vu et ne veux voir que ça, dans tes pages.

Que ça. Que ton « non ».

Le reste… ta sale vilaine écriture d'écrivaine à peine lisible, tes tirades sur notre « amour »… tout cela ne m'intéresse pas, ne m'intéresse plus.

Je dirais presque : ça m'écœure, tout ce que tu m'écris.

Merde ! Que crois-tu ? Que nous sommes partis pour jouer les Roméo et Juliette dans je ne sais quelle connerie de roman d'amour impossible ?

Garde ça pour tes chères lectrices.

Ça te vaudra à coup sûr le prix *Elle* ou *Nous Deux* ou *Intimité*. Tu vis quand ? Au temps de Madame de Staël, des romantiques ?

Nous ne sommes pas du tout sur la même longueur d'onde. Je n'ai que foutre de tes roucoulades de connaisseuse du cœur humain.

Merde encore quand tu me glisses des considérations sur moi façon psychanalyse.

Je ne cherche surtout pas une maman compréhensive qui a pigé que le mec (son amant, en fait !) qui joue les durs est en réalité un tourtereau très épris et en proie à des hésitations d'ado, à des trouilles.

Je te déteste pour cette lettre.

Pourquoi ai-je commis la connerie de la lire ? Pourquoi ?

Si tu m'aimes comme tu l'écris, ça ne m'intéresse pas.

Du tout. Du tout.

Ne viens pas dans cet hôtel sans charme, sans personnalité.

Ne m'écris plus.

Vis ta vie dans ta province à la con. Ponds-nous de beaux romans bien écrits, bien psychologiques. Fais l'amour conjugal avec ton bonhomme. Deviens académicienne. C'est ça : laisse s'arrondir bien ton si bandant joli cul et finis par le poser dans un fauteuil du quai Conti.

Et branle-toi avec ton épée !!!

Et moi...

Le lendemain

Voilà !

Elle s'appelle Nicole. Prénom stupide. Et je te fais grâce du nom de famille. Un nom breton. Elle a trente-huit ans. Un mari parti. Deux enfants. Elle s'habille dernier cri pas trop cher. Elle fait du secrétariat-intérim. Pour manger et finir de payer sa voiture et louer une villa à Lacanau-Océan pour les vacances. Elle a lu un livre de toi. Qu'elle aime assez. Mais elle préfère les bouquins historiques. Genre Jeanne Bourin, Robert Merle. C'est elle qui tape mon scénario au fur et à mesure de son écriture. Elle porte un parfum qui fait penser à du muguet. Elle n'a vu aucun de mes films. Elle adore Delon et Richard Berry. Elle a une belle bouche. Un ongle cassé à la main droite. Elle a des jambes un peu courtes mais la taille très fine. Elle ne fait pas son âge. Elle aurait voulu voyager. Voir le monde. L'Asie surtout. Elle a de vagues connaissances du zen. Elle ne mange jamais de viande, ne boit jamais d'alcool, ne fume pas.

J'ai baisé avec elle.
A l'heure du déjeuner.
Au Splendid.
Ne m'écris plus.
Tu es morte.

J'ai bu ce vin avec elle
A l'heure du réveil
Au Splendidor
Tu n'auras pas
Tu es morte

Le 12

Alors, maintenant, que faire ? Que dire ?

M'appliquer, d'abord, essayer de discipliner ma vilaine écriture d'écrivaine à peine lisible... Mais je n'y arrive pas. J'ai la main raide, rouillée, une main qui n'a plus écrit depuis longtemps. Retrouver le fil de mes idées, de mes sentiments, trier, ordonner. Trop de choses me sont arrivées en trop peu de jours. Je suis comme en convalescence, faible et d'une légèreté trompeuse, avec l'impression que rien n'a d'importance hormis ce qui a failli m'advenir, et qui m'a été épargné. Je vais te le raconter, même si tu vociifères encore que tu n'en as rien à foutre, que je suis morte, morte, archicrevée et que je pue le cadavre. Moi, ça me fait du bien de penser à toi, et d'avoir envie de te tenir au courant de ce qui se passe dans ma vie, pardon, dans ma mort.

Nouvelles de l'au-delà, *par une sale pseudo-« connaisseuse du cœur humain », une « putasse », une putain même-pas-ta-putain, une salope qui-te-fait-horreur, pire, qui-t'a-déçu, bref, une femme-dont-tu-aimes-tout-absolument-tout, et que tu aimes « comme tu n'as jamais aimé » (j'ai relu toutes tes lettres) :*

Il y a dix jours, ma fille s'est fait renverser devant le

162

collège par une voiture. Je venais de recevoir, de ta plume, mon avis de décès. J'étais encore en train de réfléchir si je débarquais tout de suite à Paris, si je te téléphonais d'abord. J'avance la main vers le combiné, la sonnerie retentit au même moment, me fait sursauter, m'arrache les nerfs. Un fol espoir me bouleverse : c'est toi ! (Non, j'ai vraiment des coins de naïveté, tu as raison de le souligner, dignes de l'époque romantique la plus échevelée...)

D'abord, en ne reconnaissant pas ta voix, j'ai failli raccrocher illico. Tout ce qui n'était pas toi à cette minute-là, je le vomissais. Tout ce qui n'était pas toi n'avait aucune espèce de semblant d'importance, et pouvait être considéré comme nul, inexistant, ridiculement négligeable. Je croyais. J'ai écouté quand même, malgré moi, à cause du ton bizarre, très gentil, très calme, de ces mots qui sonnaient décousu et inquiétant comme une langue étrangère dont on comprend seulement, ici et là, quelques vocables. On me parlait d'hôpital, d'examen, on me recommandait de ne pas m'affoler, on m'assurait que tout avait été fait pour que... meilleurs délais... réanimation... réanimation !...

Et tout a basculé, mon amour, mon cher amour, je t'ai oublié instantanément, et le mort de l'histoire c'était toi, pardon si je ne t'ai pas prévenu, tu étais tellement mort, tellement effacé, tellement inexistant, c'est comme si je ne t'avais jamais connu, comme si je t'avais rêvé, dans un rêve sans consistance, de ceux qu'on oublie dès le matin venu... J'ai foncé à l'hôpital. Patrick est arrivé une heure après. Et la terrible décade a commencé. Décade, décadence. Je n'ai respiré qu'au rythme des tubes et des instruments qui rattachaient ma petite fille à la vie. Je n'ai respiré que de sa respiration à elle, chuintante, artificielle,

163

rythmée comme une horloge affreuse. Famille, grands-
pères, grands-mères, enfants, voisins, oncles et tantes,
docteurs, blouses blanches, où étais-tu, mon amour, dans
cet univers de cauchemar, où j'ai guetté sans dormir le
moindre battement de cils, où je ne savais plus parler, à
force de chuchoter, à force de penser, de prier peut-être.

Elle est sortie du coma hier. Tous les examens, de ceux
qu'on peut faire tout de suite, sont terminés. Elle n'a rien.
Aucune séquelle. Rien. Juste une amnésie partielle, qui a
occulté le moment du choc, et la suite. Elle pose sur son
entourage un regard étonné, encore hésitant, fatigué.

Un regard fatigué ! Je sors moi aussi, depuis très peu de
temps, de mon amnésie à moi. Je retrouve ton souvenir, je
me surprends à penser : « Il ne le sait pas ! Il ne sait pas ce
qui vient de me frôler, comment ai-je fait pour le lui taire,
comment n'ai-je pas songé une seconde à l'avertir ? »

Bien sûr, une partie de moi-même, qui se voudrait
raisonnable, tâche de me faire la morale : « Pauvre petite,
si jamais il lit tes lettres, soit il ne répondra même pas, soit
ce sera encore une réponse gueularde du type : " Ce que je
m'en tape de tes soucis de gentille maman aux abois ! De
tes tendres sollicitudes pour ta famille ! Soigne-les bien, le
connard de mari, qui, je vois ça d'ici, te tenait la main
par-dessus le lit de la merdeuse-moribonde-intubée, et la
belle-mère qui mettait des cierges à la cathédrale !" »

Mais, à inventer tes discours hargneux, cette partie
raisonnable de moi-même me fait rire. D'ailleurs, je ris un
peu bêtement pour un oui, pour un non, depuis hier, je ris
de n'avoir pas d'enterrement à suivre, hormis le mien, je
ris de la fragilité ou de la solidité des petits crânes de douze
ans, et des vieilles têtes de mule comme la tienne.

J'ai relu ta dernière lettre. Celle de l'annonce archi-
définitive de mon trépas, quand le fossoyeur s'appelait

164

Nicole Breton. Et j'ai — niaisement — ri. Je t'aime. Je t'aime.

Enterre-moi encore avec des Josette Limousin, des Simone, des Jeanine. Même en t'épargnant le côté tartignole de mes roucoulades sentimentales, et en ne cogitant qu'avec ma chatte (cet organe que, finalement, tu aimes — tu aimais — seulement chez cette femme dont tu aimais tout), je ne peux pas croire que tu baises avec une autre comme avec moi. Quel orgueil, non ? Non ! C'est juste que j'ai cru très fort à ce que tu ne t'es pas privé de me répéter...

Mon amour.

Je t'écrirai encore.

C'est bon de te retrouver.

J'ai envie d'y croire. La vie vient de me faire un trop chouette cadeau pour que ça s'arrête là.

Le 17, à 15 h 30

Lit-on les lettres d'une morte ?

Parfois oui.

Mais j'ai bien failli ne pas ouvrir cette lettre qui nous ramène à la réalité. Elle était avec plein d'autres — des lettres de comédiennes, de comédiens, des offres de services, quoi ! — sur mon bureau. Et... il n'y a pas cinq minutes... un accès de curiosité...

Bref. Je viens de te lire et voici quelques lignes que je vais descendre moi-même tout de suite à la poste — à deux pas de l'hôtel Splendid où...

Je n'aime pas ce qui t'arrive, ce qui t'est arrivé.

Que dire d'autre ?

Je déteste les condoléances, la compassion.

Mais...

Me voici brusquement en train de te considérer d'un autre œil, en train de...

Que te dire ? Bien sûr que je suis « avec toi », bien sûr que je voudrais pouvoir te serrer contre moi et te donner le plus possible de tendresse, t'embrasser... disons... tendrement.

Bien sûr aussi que je déteste l'idée que c'est ton mari, et pas moi, qui a été à tes côtés dans tous ces moments,

166

ces sales moments, dans tous ces jours, dans toutes ces nuits, dans toute l'horreur que tu as vécue.

Tu vois que je t'écris tout de suite, aussitôt. Je t'écris le plus vite possible pour que tu saches que je partage ton malheur et le bonheur que tu dois avoir maintenant, puisque tu me dis que c'est fini — ou presque.

Mais — pourquoi te mentir ? — je déteste aussi et terriblement cette obligation dans laquelle le « destin » me met de te dire ce que je viens de te dire.
Soyons clair : ce malheur que tu viens de vivre, tu l'as — forcément — d'abord partagé avec ton mari, avec le père de ta fille. Normal. Logique.
Alors, qu'est-ce que je viens foutre là-dedans, moi ?
Dans les vaudevilles, ou le théâtre de boulevard, l'amant est un intrus amusant, plaisant, souvent sympathique.
Mais... dans le drame ?

Oui, ma belle, je suis compliqué — pas simple du tout —, un peu porté sur « l'inhumain » parfois. Oui, mon amour, j'ai un fort, très fort penchant pour la « complication intellectuelle », oui, oui, je n'ai pas envie, surtout pas avec toi, de mêler amour et amitié et encore moins fraternité.
Tu as de la peine, tu viens de vivre de l'horreur, alors je t'écris des choses qui me viennent du cœur, spontanément.

Mais j'ai un peu honte de te les écrire.
La tendresse, je peux. Évidemment. Comme tout le monde.

Mais…

Mais… nous deux…

Bien sûr que tu es une mère et que tu dois être une bonne mère.

Mais, pour moi, tu n'es pas ça. Pas une mère.

Tu es une femme.

Une femme qui me fait délirer, bander comme jamais.

Tu es — bien réelle, merveilleusement, fabuleusement vivante — la concrétisation de mes rêves les plus fous, les plus « rêves ».

Alors, tout ce qui te relie à la réalité…

Tu vois combien je suis « inhumain ».

Ou alors…

Si je suis tout à fait sincère, je crois et je te le dis, je crois que je voudrais que tu plantes une bonne fois ton si attachant mari, ta délicieuse fillette rescapée, que tu largues TOUT. Comme moi je voudrais avoir le courage de tout abandonner pour toi.

Clair ?

Voilà. Les circonstances m'ont forcé à te faire une vraie déclaration d'amour.

Voilà.

Courage.

Je t'aime.

C'est con, tellement con que notre rencontre n'ait pas eu lieu plus tôt. Avant nos mariages.

Je t'aime.

Et me voici la mort dans l'âme.

Mais sois heureuse, sois bien.

168

Et chéris cette fille, ce type (ton mari) qui nous empêchent et nous empêcheront toujours de vivre vraiment, comme elle le mériterait, « notre histoire ».

Je t'en aurais voulu de ne pas m'écrire ce que tu m'écris. Je t'en veux de me l'avoir écrit.

Je t'en aurais voulu de ne pas m'écrire ce que tu
m'écris. Je t'en veux de me l'avoir écrit.

Mon amour,

*Bien sûr que je l'espérais très fort, ta lettre. Je l'atten-
dais, je l'écrivais dans ma tête. Et d'ailleurs, toute
confrontation faite, je ne me trompais pas tellement, ni sur
la teneur ni sur les termes. Mais, d'un autre côté,
j'essayais aussi de me caparaçonner contre la déception,
en me répétant vingt fois par jour que tu n'allais pas
répondre, ou alors d'une façon si ignoble...*

*Et puis ce matin, le courrier. Ta chère écriture (vilaine
aussi, si délicieusement vilaine, et irrégulière, et recon-
naissable...) sur l'enveloppe...*

*Ah ! j'aime ta lettre ! Je t'en voue une reconnaissance
infinie, et presque irraisonnée. Comme on a envie de
remercier (qui ?), après une affreuse journée torride et
étouffante, pour l'averse tiède qui vient tout rafraîchir. Tu
es mon averse. Mon orage d'après la chaleur. Mon orage
tout court. Mon soleil. Ma météo personnelle. Mon faiseur de pluie et de beau temps. Et d'ouragan. Je t'aime.
Jusqu'au bout de tes contradictions. Jusqu'à la fin de
toutes tes lettres, et de celle-ci encore : « Je t'en aurais
voulu de ne pas m'écrire ce que tu m'écris. Je t'en veux de*

170

me l'avoir écrit. » C'est vrai que tu m'en veux tout le temps. De tout. J'ai mis du temps à le comprendre et à l'accepter. Tu m'en veux tout simplement d'être, et d'être maintenant, quelque part, dans ta vie, dans ta conscience. Moi, ce serait plutôt le contraire. Je te sais gré d'exister. De m'avoir apporté des joies, des plaisirs, des chagrins, d'avoir encore et pour longtemps (pour toujours ?) ce pouvoir.

Bon. Nous sommes différents. Tant mieux. Posée cette constatation, je relis ta lettre pour tâcher de répondre à tes questions, et, encore, me faire engueuler car, que j'y réponde de telle ou telle manière, que je n'y réponde pas, tu ne seras pas content. Que dis-je, pas content ? Horripilé, meurtri, déçu, amer, aigre, vindicatif, méprisant, et, quoi ? J'aurai de la peine que tu me le dises, et encore plus si tu ne me dis rien.

C'est là qu'on s'aperçoit qu'effectivement, « notre histoire » est définitivement complexe.

Mais rien, cher amour, rien, ne pourrait la simplifier, et surtout pas que nous larguions tout pour la vivre à fond. Car notre histoire n'existe vraiment que greffée sur une toile de fond inamovible, qui forme (je parle pour moi, mais n'en est-il pas de même pour toi ?) un tout, et fait partie de nous. Je ne serais pas la même sans mari ni enfant. Je ne serais même plus la même si je les quittais, ne serait-ce qu'à cause du remords que j'en éprouverais. Ou alors il me faudrait un lavage de cerveau puissant. M'aimerais-tu encore si je n'étais plus la même ? Et, dans ce cas, pourquoi ne pas en aimer une autre, alors, avec qui plus de choses seraient possibles ?

Tu me demandes ce que tu viens foutre dans mon drame personnel. Socialement parlant, c'est vrai, pas grand-chose. Et c'est bien de société que tu parles quand tu évoques le personnage de l'amant, ou du mari.

171

Mais les schémas sociaux qu'on nous impose sont tout de même bien artificiels, bien conventionnels ; je m'en suis rendu compte une fois de plus quand soudain j'ai retrouvé, après mes dix jours d'angoisse, ton souvenir, avec un étonnement horrifié : « Comment, lui qui a tant d'importance dans ma vie, il ne sait pas ? ! ? » Rien, en moi, n'a corrigé : « C'est ton amant, ton amant seulement, à ce titre, il n'a pas à savoir, à connaître des soucis ou des tragédies uniquement familiaux. » Si les rôles étaient, une fois pour toutes, aussi bien répartis, aussi bien définis, tout serait trop simple. Et tu n'as pas quand même, rassure-toi ou prends-en ombrage, l'apanage de la complexité, surtout au niveau des sentiments. Tu n'as pas envie, dis-tu, de mêler amour et amitié et encore moins fraternité. Pourtant tu m'écris une lettre tendre et douce et réconfortante. Tu aimerais vivre avec moi — merci de l'honneur que tu me fais, mais je tremble toujours de ne pas être à la hauteur — une histoire hors du commun, mais tu déplores aussi : « C'est tellement con que notre rencontre n'ait pas eu lieu avant nos mariages. » Je t'aime, je t'aime terriblement pour ce regret. Parce qu'il est banal. Je t'aime banal, c'est tellement rare que tu consentes à l'être un peu. Qu'aurions-nous fait alors, mon amour, si nous avions été libres tous les deux ? Nous aurions aliéné chacun la liberté de l'autre, nous aurions eu envie de le prendre tout entier, de le garder. De nous donner aussi. Pour toujours. Il n'est pas exclu alors que nous nous soyons mariés… Voilà. Avoir la possibilité de te demander en mariage. Rêver un moment de t'avoir à moi seule, ou, du moins, de te voir revenir après tes escapades. Tu vas me trouver mémère, gnangnan, que sais-je ? Tant pis, je m'y fais. Tu vas bafouer ma tendresse et mes rêves. C'est ta façon à toi de dire « je t'aime ». (Ou

bien c'est moi qui me fais du cinéma, histoire de me
réconforter quand tu rouspètes trop fort...)

Ce que tu es déroutant, tout de même, en tant que...
« correspondant ». ça m'étonne d'autant plus que, une
fois couché (enfin, couché, ou assis, ou debout, je veux
dire... nu, tu as compris), tu sembles doté d'une télé-
pathie, d'une intuition démoniaque qui t'amène toujours
à des gestes, à des initiatives que je n'avais même pas
encore eu le temps de désirer, et qui me comblent
d'emblée. Un jour (c'était à l'hôtel, à Bordeaux), tu as
caressé ma nuque très longtemps, du bout des doigts,
d'une façon si légère et si douce que tu me faisais gémir.
Tu jouais, au passage, avec le fermoir de ma chaîne en or,
et c'était si troublant que le bijou s'est mis à faire partie de
moi, de mon cou, de ma peau. J'ai senti sa chaleur courir,
de maillon en maillon jusqu'entre mes seins, où vibrait le
pendentif en forme de lingot. J'avais à peine pris conscience de cette pesanteur, et des ondes de plaisir qui en
irradiaient, que tu as détaché la chaîne, tu m'as renversée
sur le lit, et tu t'es mis à caresser tout mon corps avec ce
pendule lascif qui ondulait au bout de son fil d'or. Tu es
passé partout, en t'attardant tantôt sur le bout d'un sein,
tantôt au creux de ma cicatrice, à la taille, tantôt le long
d'une clavicule, ou au début du sillon de l'aine.

Tu n'as rien exigé ni précipité, mais, quand j'ai
commencé à m'ouvrir, tu étais déjà là. Je n'avais jamais
été forcée aussi délicatement, aussi suavement, aussi
impérieusement. Ah ! Je comprends que tu aies gardé de
moi le souvenir d'une femme ouverte, très offerte.
M'ouvrir plus, ce jour-là, je crois que ce n'était pas
possible... J'ai bouffé ta queue parce qu'elle oscillait
au-dessus de moi, que j'en avais une envie folle, que je ne
voulais pas te demander de venir en moi tout de suite pour

ne pas rompre la magie du petit lingot d'or qui me rendait béante et palpitante, parce que je me sentais en équilibre miraculeux au bord du gouffre, et que je ne voulais pas jouir sans toi. Tout ça, tu l'as compris, et bien plus encore, et tout le reste, tout ce que j'attendais de toi sans même le savoir, ta main intelligente et précise qui a enfoui en moi, tout au fond, le pendentif et la chaîne, centimètre après centimètre, puis qui a commencé à retirer, encore plus lentement, ce collier que je connaissais pourtant, et qui ne m'avait jamais paru si long, si interminable, si voluptueusement souple...

J'ai cédé au plaisir bien avant la fin de ton petit jeu, et j'ai serré la main et la bouche sur ta bite, et je t'ai sucé plus fort, jusqu'à ce que tu t'arraches à moi, jusqu'à ce que tu plonges rejoindre le petit lingot encore enfoui, jusqu'à ce que tu capitules aussi... Tu m'as baisée bien dur et bien long, comme j'aime, et toujours en jouissant, j'ai senti le petit frottement ténu de la chaîne que ta queue écrasait...

Mon amour. Je suis bête de me rappeler tout ça.

Ça me fait un chagrin et une nostalgie qui brûlent partout en moi, et surtout là.

Tu sais, je l'ai autour du cou, aujourd'hui, cette chaîne. Je ne la quitte plus. Ta bague non plus. Elle va exactement où tu voulais, à mon petit doigt gauche. Dis-moi qu'on va se revoir.

Se revoir pourquoi ?

Maintenant je ne sais plus.

Qu'avons-nous encore à faire ensemble ?

Trouve-moi tortueux, déphasé, impossible à suivre, impossible à vivre, trouve-moi décidément trop compliqué, trop faiseur d'histoires…

Mais les circonstances nous ayant fait prendre un certain tournant — les circonstances m'ayant amené, moi, à te dire simplement que je t'aime, à te dire que, c'est vrai, notre histoire est une histoire d'amour, banalement et merveilleusement « rien qu'une histoire d'amour », je ne sais plus quoi penser de tout cela, quoi penser de « nous ».

Oui, je t'aime.

Oui, en plus de tout le reste, j'ai de la tendresse pour toi.

Et alors ?

Ça ne me dit rien, vraiment rien, de « partager » une femme que j'aime autant.

Je ne savais pas que je t'aimais autant.

Maintenant que je le sais, maintenant que c'est bien

clair, bien net dans ma tête, ça m'est insupportable
que tu sois, ailleurs, avec un autre.

Maintenant, un certain « cinéma » (c'est ma spécia-
lité, n'est-ce pas ?) que je me faisais n'est plus possible.

Ça devait arriver, ça avait toutes les chances d'arriver, c'est arrivé — la réalité a gagné.

Ce n'était pas un scénario, un feuilleton, un rêve
délicieusement absurde et cruel. C'était, c'est une
histoire vraie.

Alors quoi dire, quoi faire ?

Nous allons jouer quoi maintenant ?

L'adultère clandestin avec ses cinq-à-sept volés à la
vie quotidienne — par ailleurs bien sympa, bien douil-
lette ?

Nous allons continuer comme si de rien n'était, toi
dans ta ville, moi dans la mienne, et — à l'occasion —
nous nous retrouverons, un temps donné, bien
mesuré, chronométré, pour tirer de fabuleux coups ?

Tu seras l'épouse aimante, attentive de ton mari
trente jours par mois et, le trente et unième jour, tu te
déguiseras en pute sublime pour venir me donner un
max de plaisir ?

Tu mentiras, je mentirai.

Mentir, ça, on peut.

Et, je nous fais confiance, même si nous n'arrivons à
passer qu'une heure ensemble par an, cette heure sera
fantastique, fabuleuse. Nous sommes des amants
magnifiques, pas vrai ?

Tu évoques l'épisode de la chaîne...

Des souvenirs admirables, nous en avons déjà une
montagne.

176

Mais...

Comme dans ma dernière lettre je t'ai dit (enfin !)
que je t'aimais de toute mon âme, dans celle-ci j'ai
envie de te dire adieu.

Tu me demandes de te dire que nous allons nous
revoir.

A quoi bon ?

Nous revoir pour nous aimer très bien — une heure,
un jour, une semaine ? — et nous dire « au revoir »,
« à la prochaine » ?

Dérisoire, non ?

Et je sais, tu sais, nous savons que tout doit continuer « pareil ». Et que donc nous sommes condamnés
à ce dérisoire.

Je n'aime pas ça. Je déteste ça.

Je t'aime toi. Oh ! oui. Plus même que tu peux le
penser.

Mais je déteste ce qui nous arrive.

Tu sais, cette sorte de « vicelardise » qui me pous-
sait à te traiter un peu en putain (beaucoup même), eh
bien, c'était ma façon de conjurer, d'exorciser, de
mettre un rempart à ce qui risquait de nous arriver.

Et qui nous est arrivé.

Je suis très amoureux de toi. Très.

Je voudrais l'être moins. Impossible.

Pourquoi nous sommes-nous rencontrés si tard, trop
tard ?

Te revoir. Oui. J'en ai très envie. J'ai besoin de te
revoir.

Et te laisser partir après t'avoir revue ?

Te rendre à l'autre ?

Non.

Plus maintenant.

Je t'embrasse « toute ».

Et si tu foutais en l'air cette putain de bague ? Si simplement, aussi simplement que possible, tu m'oubliais ? Tu aurais, j'aurais vécu quelque chose de très beau. Qui serait désormais du passé. On fait ça ?

Un jeudi de septembre

Sans doute tu as toi aussi <u>oublié</u>.

Sans doute tu as toi aussi « fait ton deuil » de toi et moi, de ce qui fut notre histoire.

Car, sinon, pourquoi aucune relance de ta part ?

Pourquoi ?

Un coup de fierté ? Tu ne voulais pas être celle qui demande ?

Je sens que je vais écrire — une fois de plus — bien sottement. Tant pis.

Il est midi. Cette semaine, je quitte Paris pour quinze jours à Prague, puis ça sera la Hongrie. Mon film se fait à l'Est. Dans des studios « décommunisés », avec des techniciens qui parlent un surprenant sabir et croient que nous allons réaliser un chef-d'œuvre. Les pauvres ! Je crois que ça sera tout bêtement un film de plus. Ni mauvais ni bon. Avec un Polonais au nom imprononçable à la place de Trintignant et une nymphette de Bucarest qui a un talent fou mais a le grand tort de se prendre pour Madonna.

Ces gens sont fous.

Moi je suis toujours fou — pas de toi — mais de la femme idéale que je m'étais inventée en partant de toi, de ta réalité.

179

Comment dire ? Comment te dire ?

Bien sûr que je t'ai aimée. A la folie. Bien sûr que je t'aime encore. A la folie. Que tu es exactement la femme que je désire, avec qui je peux faire le mieux l'amour et même aussi « le rêve, le sentiment, la tendresse ».

Mais je ne supporte pas ta vie « ailleurs ».

Quand ta réalité a fait intrusion — brutalement, solidement, charnellement je dirais — dans ce qui n'était, hélas, qu'une sorte de roman (délicieux, sublime), quand j'ai eu de la compassion pour toi, ta fille... ça a tout cassé.

Oui. Tout.

Si je dois t'aimer « comme ça » (et je le pourrais et je le voudrais !), il faut briser tous nos liens.

Est-ce possible ?

A ta place, je réponds non.

Alors ?

Alors je suis malheureux. Je suis...

Il fallait continuer dans une sorte de folie, d'abstraction presque, mon amour.

C'est pour cela que je te voulais « pute ».

Il fallait jouer un jeu.

Celui que je proposais ou un autre.

Mais un jeu.

Qu'à nous.

Et pas cette sorte de variante de l'adultère classique — avec parenthèses amoureuses.

Je dis des conneries, je m'en rends compte.

Je savais que cette lettre n'aurait aucun sens.

Je te l'envoie quand même — parce que je pense sans cesse à toi.

Parce que...

Mais c'est fini.

180

Tu auras été mon plus grand — et déraisonnable et affolant et magnifique — amour.

Adieu

Oh ! Que tu le saches quand même : je ne fais plus l'amour. A personne. Depuis maintenant cinquante jours.

Et je ne bois plus que du Coca (*light*).

Désolant, n'est-ce pas ?

Ma femme m'a appris — au beau milieu d'une conversation des plus banales — que l'on annonçait un nouveau livre de toi.

Que je ne lirai pas, ma belle et adorée morte.

Cette lettre n'est pas une lettre d'adieu, car je ne saurai, je ne pourrai jamais te dire adieu. Mais c'est ma dernière lettre. Je laisse la porte ouverte au rêve, au hasard, au possible, à l'impossible. Et je n'écrirai plus.

J'ai d'abord attendu ta réponse. Je l'ai guettée, comme chaque fois, imaginée vingt fois, rédigée vingt fois différemment. Et tout d'un coup, bêtement, c'est la lassitude qui a eu raison de ma patience et de ma foi. J'étais prête à m'inquiéter. A m'inquiéter ! A t'inventer des ennuis, de santé peut-être, un accident... Que sais-je... Et puis un éclair de lucidité agacée : « Qu'est-ce qui lui arrive encore ? Qu'est-ce que j'ai encore dit, ou encore pas dit, écrit, pensé, suggéré qui lui aura déplu ? »

J'ai essayé de me rappeler les termes de ma dernière missive. Je t'y faisais des avances... Mais des avances qui étaient pour moi une façon de reculer, de capituler : ne souffrons plus à nous aimer, baisons bien fort encore quelques fois, jouissons l'un de l'autre, oublions le reste... Il me semble que c'était à peu près la teneur de mon discours. Le même que le tien d'il y a... quelque temps. Tu n'as jamais répondu... Peut-être, après tout, que ma lettre s'est perdue. Mais j'ai cru, cher compliqué, que ma proposition était trop simple soudain pour toi... Je me suis confortablement laissé envahir par une rancune facile, par l'humiliation ordinaire de qui a fait des propositions audacieuses, et n'a suscité que le mépris, ou le silence. Et j'ai dérivé vers l'amertume en essayant de t'ignorer. J'étais fatiguée de toi, de notre histoire, et de tout le reste.

Le reste, c'est Patrick. Je ne t'en parlais plus. Pourtant, il y aurait eu de quoi. Mais tu te cabrais, mon amour, à la pensée d'un adultère banal... Qu'aurais-tu dit si je t'avais décrit la tardive, mais violente réaction de Patrick ? Depuis l'accident de la petite, je le trouvais étrange, imprévisible, aigre à tout propos, et si peu semblable à lui-même, si déstabilisé que j'ai imputé ce changement au choc subi, à la grande terreur éprouvée le jour où nous nous sommes retrouvés tous les deux à l'hôpital, et lors de la semaine qui a suivi...

En fait, je l'ai su après, l'accident de notre fille n'a été que le catalyseur d'une déprime qui menaçait depuis bien plus longtemps.

Nous n'avions jamais reparlé de toi, après Rome. J'ai cru, puisque je me taisais, qu'il n'avait fait que frissonner un peu, et qu'il me croyait déjà remise, déjà oublieuse de notre liaison. C'était le sous-estimer, et méconnaître aussi cette espèce de sagacité secrète qu'il a à mon sujet. Lui a été beaucoup plus ébranlé par ma nouvelle discrétion, par mon mutisme, que par la classique « scène des aveux ». A juste titre, il ne comprenait pas pourquoi ce qui avait exceptionnellement motivé ma sincérité, et mon désarroi, ne méritait plus, au moins, un petit mot d'oraison funèbre. En a conclu que l'inhumation n'avait donc pas eu lieu. A fouillé mon bureau (en se faisant braquer par le gardien de l'immeuble qui l'avait pris pour un cambrio-

183

leur, tu vois qu'on nage en plein vaudeville, hélas !). A trouvé, en même temps que tes lettres, la confirmation que tu existais bel et bien pour moi. A basculé. M'a empoisonné la vie. Non pas de reproches. Mais de frasques, de caprices, de coups d'humeur, et de désespoir. A cessé de manger, de fumer, et de jouir en baisant. A prétendu changer pour moi, perdre quinze kilos, me faire mourir de plaisir, me surprendre. M'a accablée de cadeaux, de lettres (de lettres ! quand j'en attendais au moins une de toi...), de prévenances. A voulu apprendre à me faire un brushing, a entrepris de se faire percer l'oreille, a soudain peuplé mes jours, mes nuits, mes heures de sa présence exigeante, envahissante, et a piaffé parce que je ne m'évanouissais pas de joie à le trouver soudain devant moi à chacun de mes pas...

Le climat à la maison devenait bizarre. Je n'avais plus le temps, la place, l'occasion de rêver à toi, et de dorloter ton image. J'avais peur que les petits devinent quelque chose. D'ailleurs, ils ont deviné. Ils étaient obligés. On s'est disputés, on s'est même battus. Une fois. Rien qu'une. Mais gravement. Et comme j'ai parlé de séparation, il a changé de tactique. Nouveaux efforts, nouvelles prévenances. Nouvelle lubie. Il s'est mis à désirer un enfant. A le vouloir à tout prix. A m'user, de gentillesse, de tendresse, de délire, et d'attente. Et toi qui n'écrivais toujours pas...

Et cette fatigue qui m'a prise, ce doute, cette envie de paix.

Pardon. J'ai cédé.

Je ne te demande pas pardon d'avoir cet enfant dans mon ventre. Mais pardon de l'avoir fait un peu à cause de toi. Et pas grâce à toi. Tu en es, à ta façon, un peu le père. Par contumace, si tu vois ce que je veux dire.

184

*J'ai dit à Patrick, il y a trois jours seulement que tout
était fini avec toi depuis longtemps. Et que j'étais enceinte.*

*Hier, je t'ai vu à la télé. Aujourd'hui, j'ai reçu ta lettre.
La vie de tous les jours va refermer ses grands bras trop
doux sur moi, mon ventre va s'arrondir. Patrick, je le sais
déjà, retombera à ses travers, ses absences, ses aveugle-
ments... Moi, je ne t'oublierai jamais.*

*Je suis bêtement heureuse de ton abstinence. Même si
elle ne doit pas durer toujours. M'en parler, c'était un peu
comme me faire un cadeau, alors merci.*

*Mon renoncement à moi doit avoir quatre ou cinq
centimètres de long. Et déjà des petites mains, des petits
pieds.*

Je t'aime.

Achevé d'imprimer en mars 1993
sur les presses de l'Imprimerie Bussière
à Saint-Amand (Cher)

PRESSES POCKET - 12, avenue d'Italie - 75627 Paris Cedex 13
Tél. : 44-16-05-00

— N° d'imp. 910. —
Dépôt légal : avril 1993.

Imprimé en France